HÉSIODE ÉDITIONS

PAUL BOURGET

Le Luxe des autres

Hésiode éditions

© Hésiode éditions.

1 rue Honoré - 93500 Pantin.
ISBN 978-2-38512-035-1
Dépôt légal : Octobre 2022

Impression Books on Demand GmbH

In de Tarpen 42
22848 Norderstedt, Allemagne

Le Luxe des autres

I

UN MÉNAGE PARISIEN : LE MARI

Si vous lisez plusieurs journaux, – et qui n'a cette funeste habitude, maintenant, de perdre une heure de sa matinée et une autre heure de sa soirée à retrouver, dans une demi-douzaine de gazettes, les mêmes renseignements inexacts, les mêmes sophismes passionnés, les mêmes iniques partialités ? – c'est cent, c'est mille fois que vous avez rencontré les noms de M. et Mme Hector Le Prieux. Ils figurent l'un et l'autre, à juste titre, au premier rang de ce que l'on est convenu d'appeler les « notabilités parisiennes » : lui, comme un des vétérans de la chronique boulevardière et du feuilleton théâtral ; elle, quoique épouse d'un simple journaliste, comme une femme à la mode qui donne de grands dîners cités dans les feuilles, et qui ne manque ni une première représentation, ni une ouverture d'exposition, aucune des cérémonies, en un mot, où défile ce Tout-Paris indéfinissable et spécial dont rêvent les provinciaux et les étrangers. Ce Tout-Paris n'est pas le Monde ; les éléments en sont trop composites pour que cette mixture hétérogène représente jamais de près ou de loin la Société. C'est un monde pourtant, et qui a ses exclusions, ses mœurs, sa hiérarchie. La « belle Mme Le Prieux », comme elle est encore qualifiée, malgré ses quarante ans très-passés, en serait certes une des reines, si cette royauté se décernait d'après la fréquence des mentions dans les comptes rendus de cette parade quasi quotidienne. Mais être très célèbre, a-t-on dit, c'est être méconnu de plus de gens. Cet apparent paradoxe est vrai de cette bizarre célébrité parisienne comme de toutes les autres. Vous donnez-vous la peine quelquefois de penser au ménage que peuvent bien faire deux êtres aussi lancés dans le tourbillon que les Le Prieux, quand vous lisez, quasi chaque jour, le nom de la femme dans une note des « Mondanités », et celui du mari au bas d'un article ? Si oui, je gage que les visions suivantes s'évoquent devant vous. Lui, vous l'imaginez d'après le type légendaire du boulevardier : mari de fidélité médiocre, plus ou moins viveur, joueur, duelliste, toujours attardé dans les coulisses des petits théâtres ou dans les tripots. Elle, vous l'apercevez, d'après le type non moins légendaire de la Parisienne des romans élégants, évaporée jusqu'au mauvais ton, sinon coquette jusqu'à la galanterie. Vous croirez tout d'eux, excepté que le bohémianisme brillant d'un pareil couple puisse légitimement s'associer à l'idée d'un foyer et d'une famille. Pensant de la sorte, vous avez – c'est le lot de presque tous les jugements qui procèdent par vastes classes – raison et tort à la fois. Vous vous méprenez sur les personnes, car Hector Le Prieux, tout journaliste qu'il soit, représente bien le meilleur des maris que jamais bourgeois inquiets aient souhaité pour leur « demoiselle », et Mme Le Prieux est, au point de vue de l'honneur, la plus irréprochable des femmes. Vous êtes dans le vrai sur le principe, sur le peu de chances de bonheur sérieux et solide qu'offre la vie conjugale, pratiquée dans de telles conditions et dans un tel milieu. Le ménage des Le Prieux repose, en effet, sur une anomalie qu'il faut expliquer pour rendre intelligible le petit drame sentimental dont ces premières réflexions, et celles qui vont suivre, forment le long, mais nécessaire préambule. D'ailleurs, raconter l'histoire de ce couple, c'est donner, à ce récit d'une simple anecdote, sa pleine valeur d'enseignement social. La situation réciproque de Mme Le Prieux et de son mari ne tient pas à la profession un peu excentrique de ce dernier. Supposez-le gagnant à la Bourse, dans le commerce ou dans l'industrie, les soixante ou soixante-dix mille francs par an, que lui procurent ses accablantes besognes de journaliste arrivé, la singularité de ses rapports avec sa femme serait exactement la même. Cet étrange ménage, dont la plaie dévorante, on le verra, est cette maladie toute contemporaine, le maladif, le passionné souci du luxe des autres, n'est une exception que par les circonstances. Ce désir de briller jusqu'à l'extrémité de ses moyens, ce besoin de quitter sa classe, d'égaler sans cesse et à tout prix dans leurs façons de vivre, dans leurs décors, dans leurs plaisirs, ceux qui nous dépassent immédiatement, qu'est-ce autre chose qu'un cas particulier de la grande dégénérescence démocratique ? On éprouve quelque scrupule à employer de si graves formules, alors qu'il s'agit d'une aventure assez terre à terre, et de gens qui se croient eux-mêmes tout simples, tout naturels. Mais, quand on y réfléchit, les larges mouvements de mœurs que l'histoire enregistre ne sont que cela : une addition indéfiniment multipliée de minuscules habitudes individuelles, comme une immense marée n'est que la poussée en avant de plusieurs milliards de minuscules vagues. Au moment où commence le drame, sans grands événements et pourtant tragique, auquel je viens de faire allusion, c'est-à-dire au mois de janvier 1897, ce ménage Le Prieux avait déjà vingt-trois ans de date : Hector – en ces temps-là Leprieux en un seul mot, c'était l'orthographe d'avant les « Mondanités » – ayant épousé Mlle Mathilde Duret en 1874. Ce mariage s'était célébré dans des conditions très modestes et qui n'annonçaient guère les futures élégances de la « belle Mme Le Prieux, » – en deux mots. – A peine si chacune des deux feuilles auxquelles l'écrivain collaborait alors mentionna la cérémonie. Cette discrétion avait été demandée par Hector lui-même, désireux d'éviter toute allusion au désastre encore récent où avait sombré le père de sa fiancée. Tant d'aventures de ce genre se sont succédé depuis lors ! Personne, assurément, ne se rappelle aujourd'hui cet audacieux Armand Duret, qui, à la veille et au lendemain de la chute de l'Empire, brassa de si vastes et de si hasardeuses affaires, fonda si bruyamment le Crédit Départemental, étala un luxe si insolent, commandita tant de journaux et finit sinistrement dans un horrible scandale, par la ruine et le suicide. La veuve et la fille de ce spéculateur déchu avaient, à grand'peine, réalisé après sa mort 4,000 francs de rente, juste de quoi ne pas mourir de faim parmi les quelques meubles échappés au marteau du commissaire-priseur. De son côté, la double collaboration dont j'ai parlé assurait à Hector 5,000 francs par an. Comptez : dans un de ses deux journaux, il tenait l'emploi de chroniqueur judiciaire, soit 2,400 francs ; à l'autre, il donnait, sous un pseudonyme, un courrier de Paris bi-hebdomadaire, soit, à 25 francs l'article, 2,600 francs. Trois fermes louées en métayage, qu'il avait la sagesse de garder dans le Bourbonnais, son pays d'origine, représentaient la partie la moins aléatoire de son revenu, mais la plus maigre : elles lui valaient, bon an mal an, 900 francs. Ces chiffres suffisent à expliquer pourquoi il fut décidé aussitôt que le jeune ménage habiterait avec la mère. Les deux femmes démontrèrent à l'écrivain, profondément ignorant des choses de la vie matérielle, qu'il y avait, dans cette combinaison familiale, une certitude d'économie. Mme veuve Duret insista, par-dessus tout, sur la nécessité d'épargner l'achat d'un mobilier nouveau. Jusqu'à son mariage, Hector avait habité une chambre garnie dans un hôtel de la rue des Martyrs, à proximité de ses deux bureaux de rédaction. – « Maman est si bonne ! Elle me cédera son salon pour mon jour…- » avait dit Mathilde, avec une reconnaissance qui attendrit l'amoureux jusqu'aux larmes, tandis qu'il aurait pu apercevoir, dans cette simple phrase, quelle conception de leur commun avenir avait déjà sa fiancée. Mais où le jeune homme, qui ne savait le prix vrai de rien, aurait-il appris l'entente, plus difficile encore, des caractères ? Orphelin lui-même de père et de mère, il n'avait personne pour lui dessiner à l'avance la courbe de son avenir conjugal, et lui indiquer quelles grandes conséquences auraient les petites fautes de tactique, commises au début de son mariage. Tout contribuait à faire de lui l'époux-esclave qu'il devait rester sa vie durant, sans même s'en apercevoir : cette solitude d'abord, puis son éducation, son tour d'esprit et de sensibilité, tout, jusqu'à sa race, jusqu'à ces premières données héréditaires du tempérament, d'autant plus fortes en nous que nous en prenons à peine conscience… J'ai dit que Le Prieux – maintenons-lui, une fois pour toutes, le demi-anoblissement de ce Le détaché – est originaire du Bourbonnais. Le nom seul révélerait cette province. Dans le patois du centre de la France, on appelle, encore aujourd'hui, un prieux ou un semoneux, le paysan beau parleur, qui se charge d'aller, de hameau en hameau, porter les invitations pour les noces. Ce rôle de messager de campagne fut-il tenu par un des rustiques ancêtres d'Hector avec une verve particulière ? Les modestes archives de Chevagnes, le village natal du journaliste, n'en disent rien. Elles attestent, en revanche, que les Le Prieux sont connus à Chevagnes, depuis plusieurs générations, sous ce sobriquet, devenu patronymique. Ils doivent avoir résidé là depuis toujours, car, avec sa tête plus large que longue, sa face presque plate et que termine un menton rond, avec ses cheveux lisses et qui restent châtains dans leur grisonnement, ses yeux bruns, son cou puissant, ses épaules horizontales, son torse épais, sa taille courte, toute sa personne ramassée et trapue, leur descendant présente un type accompli de ce paysan celte, qui occupait cette partie de la France à l'époque où César y parut. C'est une race autochtone, et dont les traits moraux demeurent étonnamment les mêmes à travers l'histoire : une intelligence avisée sans forte imagination créatrice, une volonté patiente, mais sans initiative, ce que les savants d'aujourd'hui appellent l'esprit grégaire, le goût de ne pas agir seul et comme un besoin d'être dirigé. Certes, de telles caractéristiques sont d'une généralisation hasardeuse. Pourtant, les annales de l'Auvergne et du Bourbonnais semblent bien démontrer la justesse de celles-ci. Quant à cette dernière province, puisque c'est d'elle qu'il s'agit à propos d'un de ses plus humbles enfants, la prédominance de l'élément celtique imprime une évidente unité à son histoire. Qu'en est-il sorti, pendant la longue durée du moyen âge et de l'ancien régime, alors que l'indépendance locale permettait un plus libre épanouissement des originalités ? Presque pas ou peu de grands hommes de guerre, presque pas ou peu de grands artistes, comme si la race répugnait à ce que de tels héros comportent d'excessif. Par contre, les génies prudents, les hommes de loi et les hommes d'Église y ont pullulé. Quand on est de son pays, au degré où Hector Le Prieux est du sien, les qualités et les défauts de ce pays reparaissent toujours, même si l'on fréquente un milieu et si l'on exerce un métier les plus opposés, croirait-on, à cette influence du sol ancestral. Relisez l'un de ses feuilletons dramatiques maintenant, ou l'une de ses causeries parisiennes : vous y retrouverez de la prudence d'esprit et du terre à terre, de la judiciaire et de la timidité, de l'exactitude sans éclat et une sagesse un peu pauvre. C'est un talent qui, de trop bonne heure, a cessé d'oser, et c'est un caractère qui, de trop bonne heure, s'est soumis. Si une passivité d'âme, tout héréditaire chez Hector, explique qu'en effet la direction de son ménage ait dû aussitôt appartenir à sa femme, une énigme s'impose, que l'on doit résoudre, avant de montrer cette mainmise de Mme Le Prieux sur les faits et gestes de son mari : pourquoi celui-ci, avec ce manque inné d'esprit d'entreprise, a-t-il, entre tant de carrières officielles et sûres, avec traitement fixe et retraite, qui s'offrent au Français moutonnier de notre temps, choisi la plus aventureuse, la plus féconde en imprévu, la moins conforme aux prudences bourgeoises ? Encore ici, alors qu'il paraissait faire preuve d'audace et d'originalité, le jeune homme avait simplement prouvé sa docilité aux influences, et son peu de confiance en ses propres forces. Voici comment. Le plus inattendu des hasards voulut que le père d'Hector, établi à Chevagnes en qualité de médecin, renouvelât connaissance, aux eaux de Bourbon-Lancy, toutes voisines, avec un de ses anciens camarades d'hôpital, établi lui-même près de Nohant, et qui soignait Mme Sand. Invité à venir à Chevagnes, le docteur berrichon causa beaucoup de son illustre cliente devant Hector, qui achevait alors sa rhétorique au lycée de Moulins, et, comme tous les collégiens de son âge, composait secrètement de mauvais vers. Admirateur passionné de Lélia et dIndiana, l'adolescent eut, à la suite de cette conversation, la première hardiesse de sa vie. Le présent récit racontera la seconde. Il osa écrire à la bonne dame de Nohant une épître, où il lui demandait des conseils sur la direction de ses idées religieuses ! Avec cette admirable générosité de plume, qu'elle garda jusqu'à la fin, malgré la surcharge de ses travaux, George Sand répondit à l'écolier. Elle ne se doutait pas que les quatre pages de sa lettre, tracées de la grande écriture ronde et un peu renversée de ses dernières années, exerceraient sur l'avenir de son correspondant improvisé la plus funeste influence. Il lui répondit, et, plus hardi cette fois, lui envoya des vers. L'ancienne amie d'Alfred de Musset s'entendait en poésie, à peu près autant qu'en politique. En revanche, elle excellait à construire des romans. Elle en bâtit un à propos du jeune rimeur bourbonnais, uniquement parce qu'il avait mis en médiocres stances une pittoresque légende locale. Elle le vit inaugurant en France cette poésie rustique et provinciale dont elle a toujours caressé la chimère. Elle l'encouragea par des éloges, – ces imprudents et dangereux éloges dont les artistes glorieux ne sont pas assez avares ! Ils n'en mesurent pas la portée sur l'imagination des débutants. Un séjour à Nohant, où il fut reçu avec la plus cordiale bonhomie, acheva de tourner la tête à Hector, qui crut à son avenir de poète. Le résultat fut qu'au lieu de commencer, au sortir du collège, ses études médicales, comme le désirait son père, il demanda qu'on lui laissât faire son droit. Il y voyait une occasion de travaux moins précis et qui se conciliaient mieux avec ses secrets désirs. Puis, ce père étant mort presque aussitôt, l'orphelin, libre de sa fortune, – il avait perdu sa mère en bas âge, – réalisa au plus vite le modeste capital que lui laissait le praticien de Chevagnes. Dans cette première ferveur d'espérance, les trois fermes qui devaient, plus tard, constituer la portion solide de sa dot, ne furent épargnées qu'à cause de la difficulté à résilier les baux. Les études de droit, inaugurées à Dijon, par économie, furent abandonnées, et l'élève de Mme Sand s'établit à Paris, pour y mener la vie de candidat à la gloire littéraire. Cet événement, – car l'exode du gars Le Prieux vers Paris fit sensation dans le canton de Chevagnes, où feu le docteur comptait autant de prétendus cousins, c'est-à-dire de clients presque gratuits, que cette Sologne bourbonnaise compte de hameaux, – cet événement, donc, avait eu lieu en 1865. L'issue en fut ce que vous pressentez : une fois de plus Icare brûla au feu de la réalité la cire de ses imprudentes ailes. En 1870, à l'époque de la guerre, pendant laquelle il fit bravement et simplement son devoir, Hector avait publié à ses frais deux volumes de vers : les Genêts des Brandes et les Rondes Bourbonnaises, plus un roman : le Rossigneu, – c'est le nom patois des bœufs de couleur rousse, – le tout composé dans ce parti pris de couleur rustique et provinciale, sorte de convention particulière aux écrivains venus à Paris pour y être de leur pays ! L'un dans l'autre, les trois ouvrages s'étaient bien vendus à cent cinquante exemplaires. Dans l'entre-deux, l'auteur avait appris à ses dépens ce que cachent de positivisme brutal, de vanité implacable, d'ignoble calcul, les déclamations pompeuses ou les paradoxes fantaisistes de la bohème artistique. Passant pour riche, – et riche en effet par comparaison, – dans les cénacles du quartier Latin, puis de Montmartre, où ses aspirations littéraires le conduisirent naturellement, le provincial avait aussitôt connu les nombreuses variétés de systématique exploitation, que l'argot des brasseries déguise du nom goguenard et familier de tape. Il avait été le camarade complaisant qui ne peut pas entrer dans un café sans que cinq ou six des assistants se mettent à sa table, pour se lever après de longs propos de haute esthétique en lui laissant à régler d'innombrables consommations dont les soucoupes s'empilent en monumentales colonnes ; – puis quand l'amphitryon de la veille ouvre, le lendemain, la porte du café, il entend les délicats esthètes exécuter son œuvre et sa personne d'un « ça n'existe pas », qui s'enfonce comme une lame froide au plus saignant de son amour-propre. Le Prieux avait encore été le « gogo » qui prend pour vingt-cinq louis d'actions d'une Revue destinée à « défendre les Jeunes » ; – puis il y rencontre quelque article, à cruelle allusion, où il se reconnaît, avec la rancœur d'avoir payé son propre éreintement, comme d'autres paient leur propre éloge. Il avait été aussi, non pas une fois, mais vingt, mais cinquante, le Mécène d'abord ému, ensuite intimidé, qui commence par ouvrir sa bourse aux mendiants de lettres professionnels ; puis il subit, au premier refus, les outrages des drôles dont il ne veut plus nourrir la superbe et impuissante fainéantise… Mais à quoi bon énumérer des misères si communes qu'elles en sont banales ? Ce qui l'est moins, c'est que le jeune homme qui les traverse n'y pervertisse pas la justesse de son sens social. Par bonheur, tandis qu'Hector s'efforçait d'exprimer, dans une prose et dans des vers systématiquement et laborieusement naïfs, cette poésie du terroir natal qu'il avait eu la folie de quitter, ce terroir travaillait en lui à son insu. La prudence avisée de ses aïeux paysans interpréterait ces étranges expériences. Il en dégageait, par un obscur et irrésistible instinct de conservation, une vue nette des conditions où il lui fallait vivre, et il devinait le plus sûr moyen de s'y accommoder. Il fit, pendant cette cruelle campagne de 1870, sous la tente, puis en Allemagne, où il fut prisonnier, de sérieuses réflexions. Se voyant arrivé, sans aucun résultat, presque au terme de son petit capital, il comprit que son rêve de gloire immédiat était une chimère. Il se jugea comme poète et comme romancier, et, tout en conservant in petto une secrète complaisance pour ses essais de jeunesse, il essaya de reculer la réalisation de son Idéal. Il s'apercevait, à vingt-cinq ans, sans titres, sans protections, sans carrière entreprise. Il se dit qu'il fallait faire deux parts dans sa vie : celle de l'art et celle du métier. Or, métier pour métier, il comprit que la littérature en valait bien un autre, du moment qu'elle était pratiquée avec les vertus de labeur assidu et de ponctualité, qui sont nécessaires dans toutes les professions. Ce fut là le coup de bon sens de son hérédité paysanne. Il se dit qu'un grand journal n'est, après tout, qu'un vaste atelier commercial, et qui suppose une certaine quantité de besogne positive, exécutée régulièrement. Il résolut d'être un des bons ouvriers d'un de ces ateliers, et il se tint parole, avec une patience de procédés et une méthode non moins dignes des cultivateurs dont la lente et sagace énergie se retrouvait en lui sous la forme la plus inattendue. Son premier soin fut de profiter de la dispersion forcée des groupes littéraires, dont il avait plus ou moins fait partie, pour s'isoler de presque tous ses anciens compagnons. Puis, se souvenant d'avoir passé quelques examens de droit, il eut le courage de les compléter, afin de pouvoir s'inscrire au barreau, et, de là, postuler dans une feuille du boulevard une place de chroniqueur judiciaire. Il l'obtint, grâce à l'un de ces camarades de brasserie, entré, lui aussi, raisonnablement, dans la presse. L'exactitude avec laquelle Hector apportait sa copie, la précision et la clarté de ses comptes rendus sérieusement travaillés, l'aménité de son caractère, le firent bien vite apprécier dans ce premier journal. Le rédacteur en chef parla de lui en termes élogieux au propriétaire dudit journal, lequel n'était autre que Duret. Celui-ci ambitionnait de se recruter des outils humains, de bons et sûrs secrétaires qui lui fussent d'intelligents collaborateurs, dans la fortune politique qu'il comptait édifier sur sa fortune financière. Il voulut connaître Le Prieux. C'est ainsi qu'Hector entra, tout petit gazetier à peine appointé, et par l'escalier de service, dans l'hôtel princier que Duret possédait alors avenue de Friedland. Il plut tout de suite au spéculateur, qui, frappé de sa lucidité d'esprit, projetait d'en faire un confident d'affaires. Les tragiques circonstances qu'on sait et l'effondrement du Crédit Départemental, en interrompant brusquement la fortune de Duret et l'acculant au suicide, semblaient devoir mettre fin à tout rapport de Le Prieux avec les survivantes de ce désastre. Il n'en fut rien. Il se mit tout entier au service de la pauvre veuve, qui fut trop heureuse de trouver, parmi les effroyables désarrois de cette ruine, le dévouement du modeste collaborateur judiciaire. Le jeune homme prodigua ses services, avec la ferveur d'une admiration ardente pour la belle et malheureuse Mathilde. Le reste se devine : et l'intimité grandissante, et la passion d'Hector, d'abord intimidé jusqu'à ne pas oser même espérer de jamais plaire, la reconnaissance attendrie des deux femmes, le ravissement presque épouvanté de l'amoureux devant les perspectives soudain découvertes d'une union possible, et la suite : innocente et délicieuse idylle dont le souvenir faisait battre le cœur de l'écrivain vieilli, après un quart de siècle, comme s'il était encore le modeste articlier de vingt-neuf ans, qui surveillait le transport de ses hardes et de ses livres dans l'appartement de sa belle-mère, – un bien mélancolique appartement pourtant, sur une cour, en haut de la rue du Rocher, – sans oser trop croire à la réalité de son bonheur.

II

UN MÉNAGE PARISIEN : LA FEMME

En fait, la première période de ce ménage fut, pour Hector, complètement, absolument heureuse. Elle dura environ sept ans. Ce fut celle où le journaliste établit sa réputation, celle aussi durant laquelle Mme Le Prieux se forma une conception du travail de son mari qui devait tristement influer sur leur commun avenir. Mathilde était une de ces femmes dont l'extraordinaire inintelligence et le noble visage offrent un tel contraste qu'elles déconcertent l'observateur, sans qu'elles aient aucun besoin de dissimuler, surtout si cet observateur les aime. Sa mère, une demoiselle Huguenin, était originaire d'Aix-en-Provence ; son père était le fils d'un petit commerçant du Nord. Ces coupages de sang, si fréquents dans les familles modernes que personne n'y prend même garde, ont souvent pour résultat une hérédité de tendances contradictoires, qui se paralysent en s'équilibrant. Peut-être la cause de la décadence de la race en France gît-elle là, dans cette continuelle mixture du nord et du midi, de l'est et de l'ouest, par des mariages trop disparates d'origine. De ce père, Mathilde avait retenu le goût de briller, un égoïsme implacable, et ce fonds d'insensibilité qui distingue les joueurs de toute espèce, en particulier ceux de la Bourse. De la famille de sa mère, elle gardait cet admirable type méridional, qui prend, lorsqu'il est très pur, des finesses et des élégances de médaille grecque. Elle avait de profonds et brûlants yeux sombres, sur un teint d'un blanc mat. Son front, petit et rond, se rattachait à son nez par cette ligne presque droite qui a tant de noblesse, et sa petite tête laissait deviner, sous d'épais cheveux noirs, cette construction d'un ovale allongé, où se perpétue la race de cet homo mediterraneus, de ce souple et fin dolichocéphale brun, louangé par les anthropologistes. Avec cela, de jolies dents, petites et bien rangées, entre des lèvres comme découpées au ciseau, tant elles étaient dessinées, un menton frappé d'une fossette et fermement doublé, une attache de cou digne d'une statuette de Tanagra avec un joli renflement à la nuque, des épaules et une gorge de Diane, la taille un peu haute mais bien prise, des pieds et des mains d'enfant, et cette démarche que les Arlésiennes ont rendue légendaire. Dans quelque position sociale que le sort jette une créature ainsi douée de la Grande Beauté, elle n'a qu'à paraître, pour exercer, même sans parure, un irrésistible prestige. Rien de plus dangereux pour une âme déjà inclinée par instinct à l'abus de la personnalité. L'excès de l'admiration continue abolit vite, chez les femmes qui en sont l'objet, toute capacité de se juger. Il en est d'elles comme des princes trop adulés et des artistes trop glorieux. Ces victimes de leur propre succès finissent par faire de leur moi le centre du monde, avec une ingénuité à la fois naïve et féroce. Chez Mathilde, cette autolâtrie avait une excuse : la nature lui avait complètement refusé une faculté d'ailleurs moins commune que l'on ne croirait, et que j'appellerai, faute d'un mot plus exact, l'esprit altruiste, ce pouvoir de se figurer le cœur d'autrui, d'en comprendre les idées, d'en saisir les nuances de sensibilité. Derrière ce masque noble et fier de déesse antique, se cachait cette espèce d'entendement presque animal, très fréquent dans le Midi, et qui pense objet, si l'on peut dire. Elle avait été flattée du dévouement d'Hector, sans en apercevoir le principe secret, la noble pitié de ce poète, d'autant plus poète en action qu'il l'était moins en expression. Elle avait trouvé naturel ce triomphe de sa beauté, et, en consentant à devenir Mme Le Prieux, cru de bonne foi faire un sacrifice à sa mère, qui, beaucoup plus raisonnable, beaucoup plus sensible aussi, avait insisté pour cette union. Mme Duret, elle, avait été vraiment touchée des trésors d'abnégation devinés chez l'amoureux de sa fille. Eclairée par une cruelle expérience, elle avait reconnu dans Hector les qualités précisément opposées aux défauts qui avaient précipité son mari à l'horrible catastrophe. Elle avait donc supplié son enfant d'accepter un protecteur sûr, et celle-ci avait dit « oui », en justifiant l'humilité de ce mariage à ses propres yeux parce qu'elle s'immolait au bien-être de sa mère ! Quoique l'apport du fiancé fût bien modeste, c'était pourtant passer de 4,000 francs de rente à 10,000, – de quoi prendre aussitôt une bonne de plus et soulager cette pauvre mère d'une partie des soins du ménage. Quant au drame intérieur qui s'était joué jadis dans l'esprit de l'aspirant-poète devenu un manœuvre de prose ; quant aux secrètes aspirations encore nourries par Hector de poursuivre tout de même, à travers le labeur mercenaire, la composition de quelque œuvre d'art, d'un recueil de vers, d'un volume de nouvelles, d'un roman, Mathilde n'en soupçonnait rien à la date de son mariage. Elle n'en soupçonnait rien après vingt ans de ce mariage, et avant les scènes qui feront la matière de ce récit. Elle se croyait, et, même aujourd'hui, elle se croit, l'épouse la plus irréprochable, la plus dévouée. Elle s'enorgueillit d'avoir « fait la situation » de son mari. – Traduisez qu'elle a quelque chose comme cinq cents cartes de visite à déposer en leur nom à tous deux dans le mois de janvier ! – Elle mourra sans admettre qu'elle a immolé le plus rare, le plus délicat des cœurs d'homme à la plus mesquine, à la plus égoïste des vanités : celle de tenir ce rôle d'une femme à la mode, et d'être appelée, dans les comptes rendus que je citais tout à l'heure, de ce titre de la « belle Mme Le Prieux ». Peut-être ne serez-vous plus tenté de sourire de ce surnom au terme de cette analyse, et quand vous saurez à quelles réelles misères il correspond. Il faut tout dire : dans cette première époque de son mariage, Hector commença par jouir de cette vanité avant d'en souffrir. Il est bien rare que les tragédies de famille n'aient pas pour premiers auteurs ceux qui doivent en être les martyrs. Ce sont les pères et les maris, les mères et les épouses qui développent le plus souvent, chez leurs enfants ou leurs conjoints, les défauts dont eux-mêmes se plaindront amèrement un jour. Il est vrai que tant de défauts sont d'abord des grâces : le mensonge débute par la souplesse ; la coquetterie, par le désir de plaire ; l'hypocrisie par la réserve ; – et ainsi du reste. Durant ses premières années de ménage, Hector vit avec délices toutes choses s'harmoniser, dans sa maison et dans sa vie, de manière à mettre en sa pleine valeur la beauté de sa jeune femme. Comment ne se fût-il pas, de mois en mois, d'année en année, réjoui de multiplier allègrement les tâches, afin de doubler les dix premiers mille francs de rente ? Quelle joie de permettre à Mathilde ces menus raffinements si naturels à une jeune et jolie créature, que l'en priver paraît une brutalité ! Entre un chapeau de vingt-cinq francs et une coquette capote de trois louis, entre une robe de cent cinquante francs et un costume pourtant bien modeste de trois cents, entre une jaquette ou des chaussures de confection et un manteau ou des souliers d'un faiseur seulement passable, la différence de façon est déjà si grande et la différence d'argent si petite ! Du moins, comment n'eût-elle pas semblé telle à un mari très amoureux, et pour qui les chiffres de son budget conjugal se traduisaient ainsi : soixante louis de plus par an pour le chapitre de la toilette, soit vingt-quatre articles de plus à écrire, deux par mois, à 50 francs l'un, ou quarante-huit à 25, soit un par semaine ? Un article de plus par semaine, ce n'est rien. Et, tout naturellement, moins d'un an après son mariage, l'écrivain avait ajouté à son travail deux correspondances hebdomadaires avec deux grandes feuilles de province. Les tea-gowns de Mme Le Prieux étaient assurés, sans qu'elle se fût même aperçue de ce surcroît de besogne. Or, les tea-gowns, convenez-en, supposent, de toute nécessité, un salon où les montrer. Ce salon suppose un « jour », – ce « jour » dont Mathilde avait aussitôt entretenu son fiancé. Ledit « jour » suppose un domestique mâle pour ouvrir la porte, des fleurs pour garnir les vases, des petits fours dans les soucoupes pour offrir avec le thé ou le chocolat, des lampes pour bien éclairer la pièce. Autant de dépenses, sur lesquelles Hector se fût d'autant plus méprisé de lésiner, qu'il était, lui aussi, la dupe d'une étrange illusion rétrospective. Durant ses fiançailles, quand il retrouvait, dans le pauvre appartement de la rue du Rocher, quelques-uns des meubles qui avaient figuré dans l'hôtel du spéculateur millionnaire, il subissait un attendrissement voisin du remords. Ce remords continuait dans son mariage. C'était comme si Mathilde lui eût, en l'épousant, sacrifié la possibilité de ravoir ces splendeurs. Il lui semblait que ce passé de luxe donnait à la jeune femme un droit à une vie plus large, plus élégante, plus conforme à ses primitives habitudes. Un hypnotisme analogue émanait pour Mathilde de ces meubles et de ces bibelots, épaves de son existence d'autrefois, – un autrefois si récent que cette chute, hors de l'Olympe des somptuosités, était pour elle comme un rêve. Le mirage de l'opulence perdue, cette maladie mentale propre aux gens ruinés, agissait en elle à son insu. Ce devait être, sans qu'elle le soupçonnât, l'idée directrice de toutes ses actions et de toutes ses pensées, et qui la conduirait à réaliser, petit à petit, une image, une parodie plutôt, de ce qu'aurait été son existence vraie, sans la débâcle paternelle. Les toutes premières satisfactions accordées à cette nostalgie du passé se traduisirent par de menues dépenses d'intérieur, qui, l'une dans l'autre, représentaient encore une soixantaine de louis de plus à gagner pour Hector. Mais, presque tout de suite, l'occasion surgit d'augmenter ses recettes du double : un périodique illustré lui offrait cent francs par semaine pour une chronique, signée encore d'un pseudonyme. Il choisit celui de Clavaroche, – quelle ironie ! – Le domestique mâle eut une petite livrée par surcroît ; les fleurs du « jour » vinrent d'une bonne maison, et aussi les petits fours ; les lampes se renouvelèrent, et aussi les étoffes des fauteuils ; – toutes élégances qui aboutirent à un déménagement indispensable. De la triste rue du Rocher, les meubles tentateurs, les tentures mauvaises conseillères et les bibelots trop chargés de souvenir émigrèrent dans un coquet petit hôtel neuf de la plaine Monceau, rue Viète. Un autre engagement, quotidien celui-là, cent lignes à envoyer chaque soir à un journal français de Saint-Pétersbourg, allait solder le loyer. Qu'est-ce que cent lignes, quand il s'agit d'y résumer, au courant de la plume, et pour des étrangers, les nouvelles que l'on respire tout naturellement dans l'air de Paris ? Et ni Hector ni sa femme ne s'aperçurent même de ce surcroît de labeur après les autres. Deux graves événements empêchèrent pourtant, durant cette période, que le ménage Le Prieux n'allât trop loin sur ce chemin dispendieux de la fausse mondanité parisienne. L'un fut la naissance d'une fille, qui s'appela Reine, du nom de sa grand'-mère Duret ; l'autre fut la mort, après une affreuse maladie, – un cancer au sein, – de Mme Duret elle-même. Les longs séjours à la maison, qu'imposèrent à Mathilde, d'abord sa grossesse et ses relevailles, qui furent pénibles, puis la santé de sa mère, enfin son deuil, ne lui permirent pas d'élargir le cercle de ses connaissances. Ce cercle était alors assez restreint. Appartenant tous les deux à des familles de province, ni elle ni son mari n'avaient par devers eux ce fonds de relations, constitué, dans la petite bourgeoisie comme dans l'aristocratie, par le cousinage ; et ni Hector, dans les pauvres débuts de sa vie littéraire, ni feu Duret, dans les fastueux déploiements de sa richesse si vite acquise, si vite perdue, n'avaient pu se recruter une société. Le brasseur d'affaires n'avait eu à ses fêtes, quand il en donnait, que des invités de hasard, presque tous dispersés avec ses millions. Il y a ainsi à Paris des centaines de ces demi-parasites, énigmatiquement surnommés Boscards par le persiflage mondain, et qui sont comme une escorte en disponibilité, au service de toute fortune assez ample pour comporter des dîners de dix-huit couverts, une grande chasse, des bals avec cadeaux au cotillon, et une loge à l'Opéra. Ils se composent, ces boscards professionnels, de grands seigneurs plus ou moins tarés, à la recherche d'une participation ; d'artistes intrigants, en quête d'une commande, buste ou portrait ; de courtiers en frac et en gilet blanc, qui flairent un brocantage fructueux ; d'étrangers à références douteuses et qui jouent aux gentlemen avec une correction un peu trop décorative. Joignez-y un personnel de femmes à moitié compromises, d'aventuriers de cercle et aussi de très pratiques épicuriens, à l'affût, eux, tout simplement, du bon dîner, du cigare de choix, des vins fins et, dans la saison, des coups de fusil sur des vols de faisans à qui l'on n'a pas ménagé les œufs de fourmis. Ce peuple d'aigrefins se distribue en équipes diverses et d'une qualité plus ou moins choisie suivant le rang du richard qu'il s'agit de boscarder. L'équipe recrutée autour de Duret, d'un lanceur d'émissions aussi suspect, n'avait pu être que d'un ordre secondaire. Il en est des convives des parvenus comme de leurs maladies. Le mot du médecin, qui disait à un coulissier, victime de ses excès de table : « Vous n'êtes pas digne d'avoir la goutte, » enferme toute une philosophie des espèces sociales. Le caractère peu distingué des Boscards de l'équipe Duret s'était manifesté par un immédiat abandon après la ruine, qui aurait dû à jamais dégoûter Mathilde de cet à-peu-près social auquel sont condamnés ceux qui veulent sortir et recevoir, sans être d'un vrai monde par la naissance et par la parenté. Mais non. Cette aventure désenchantante avait passé sur la jeune fille, sans profiter à la jeune femme. C'est que la vanité répugne à l'expérience, à cause précisément du défaut que l'étymologie indique : ce manque radical de solidité et de vérité, ce goût de produire de l'effet à tout prix, fût-ce un effet que l'on sait mensonger, et sur des gens que l'on sait méprisables. Voilà pourquoi les preuves de cynique ingratitude prodiguées à sa mère et à elle lors de leur désastre, par les habitués des fêtes de l'avenue Friedland, n'empêchèrent pas Mme Le Prieux, aussitôt mariée, de tout subordonner à une reprise de situation. Elle ne vécut plus que pour inviter et être invitée, recevoir et être reçue. Si son père, au temps de sa magnificence et parmi ses millions, n'avait eu chez lui que des parasites inférieurs, on pense bien que les personnes, avec qui la femme du journaliste échangeait de coûteuses politesses, n'appartenaient pas, – pour parler le jargon d'aujourd'hui, – à la crème de la crème, au gratin du gratin. C'étaient trois ou quatre ménages, choisis parmi ceux des confrères d'Hector qui avaient aussi une espèce de maison montée. C'étaient trois ou quatre autres ménages recrutés, par l'intermédiaire des premiers, dans le haut commerce parisien : car depuis la modification profonde, ou mieux la disparition de la grande caste bourgeoise telle qu'elle existait encore au commencement du second Empire, les enrichis du commerce rencontrent une difficulté à se créer un milieu, qui les pousse, les uns à frayer avec les politiciens, les autres avec les écrivains et les artistes. C'étaient aussi quelques femmes d'avocats, désireuses d'assurer à leurs maris des comptes rendus favorables pour quelque prochaine plaidoirie. C'étaient… Mais le dénombrement de ces comparses serait fastidieux, comme leur fréquentation même. Ils représentaient pourtant le « salon » du petit hôtel de la rue Viète, une galerie devant laquelle Mathilde pouvait jouer à la femme du monde, une cour où elle pouvait régner, un public auprès duquel elle pouvait recueillir cet hommage à sa beauté, la vraie, l'unique passion de sa vie, qu'une circonstance imprévue allait lui fournir l'occasion de développer dans un plus vaste cadre. Cette circonstance, d'un ordre bien professionnel, bien peu chargé, semblait-il, de conséquences mondaines, se produisit au cours de l'année 1883. Le directeur d'un grand journal du boulevard offrit à Le Prieux le poste de critique dramatique, devenu libre par la mort subite du titulaire. Quoique le courrier théâtral n'ait plus la même importance, depuis que le compte rendu du lendemain remplace presque partout le vieux feuilleton du lundi, illustré par les Gautier, les Saint-Victor, les Janin, les Weiss, les Sarcey, – pour ne parler que des morts, – aucune fonction n'est plus convoitée dans la presse, et chaque vacance suscite vingt candidatures. Le Prieux n'avait même pas eu la peine de poser la sienne. Le sage calcul qu'il avait fait en entrant dans le journalisme et auquel il demeurait fidèle se réalisait point par point. Il recueillait le fruit de cette qualité qui, dans tous les métiers, assure le succès : la conscience technique. En même temps que la constante apparition de son nom au bas d'articles, tous soigneusement écrits et pensés, lui apportait la notoriété, il acquérait ce mystérieux pouvoir qui s'appelle l'autorité, par ce soin même, par l'équité modérée de ses jugements sur les choses et les gens, par l'exactitude de sa documentation. Un mot dira tout à ceux qui connaissent l'incroyable légèreté avec laquelle se bâclent les journaux : Hector n'avait jamais parlé d'un livre sans l'avoir feuilleté. En outre, malgré sa chance évidente, il avait eu, dans ses débuts, le don de ne pas exciter l'envie. Cette obscure et implacable passion, le fléau de l'existence littéraire, a cette étrange perspicacité de s'attacher bien moins aux succès qu'aux personnes. L'homme de grand talent n'envie pas l'homme d'un talent moyen qui réussit où lui-même échoue, et c'est l'homme d'un talent moyen qui, en plein triomphe, enviera l'autre dans son insuccès. Nous ne jalousons jamais vraiment et avec le désir de leur faire du mal ceux à qui nous nous croyons in petto supérieurs. C'était la force de Le Prieux dans ce commencement de carrière : ni littérairement, ni physiquement, ni socialement, il n'humiliait qui que ce fût. Les envieux devaient venir plus tard, avec les belles relations, les toilettes de madame et le coupé au mois. Bref, l'entrée d'Hector dans la critique dramatique eût passé inaperçue, comme lui-même, s'il n'eût pris aussitôt l'habitude de paraître aux premières représentations avec sa jeune femme, que bien peu de ses confrères, comme on l'a vu, connaissaient. La beauté de Mathilde, alors âgée d'à peine vingt-huit ans, était trop éclatante pour n'être pas immédiatement remarquée, dans ce milieu si peu renouvelé des grandes solennités parisiennes, où, comme disait l'autre, « ce sont toujours les mêmes qui se font tuer. » Parmi tous ces visages, tués en effet par les veilles, les abus de la vie nerveuse, le maquillage, et le reste, elle obtint aussitôt un très grand succès de curiosité. Le « service » du journal où écrivait son mari ne comportait pas encore les loges et les baignoires propices aux invitations qu'elle le décida plus tard à réclamer. Les places attribuées à Le Prieux, – au Théâtre-Français, au Vaudeville, au Gymnase, aux Variétés, à l'Odéon, partout enfin, – étant de modestes fauteuils de balcon, toutes les lorgnettes de la salle pouvaient détailler librement cette belle tête, d'un type si pur, et qui, au repos, dans l'absorption du spectacle, jouait merveilleusement la passion et l'intelligence. Mathilde n'aurait pas été la femme qu'elle était, si elle n'avait pas perçu ce triomphe par chacune des fibres de son être intime, et pensé à l'agrandir en le prolongeant. Paris non plus n'eût pas été Paris, s'il ne s'était pas rencontré, parmi les habitués des premières, quelqu'un pour s'instituer le barnum de ce succès naissant. Ces hérauts volontaires d'un triomphe qu'ils pressentent et qu'ils doublent en s'y associant, foisonnent dans cette étrange ville, où règne comme une manie, une furie d'engouement, pour tout ce qui doit briller, ne fût-ce qu'un jour, sur le ciel changeant de la mode. Il y en a, de ces preneurs des vogues commençantes, pour les livres et les tableaux, pour les princes étrangers et les explorateurs, pour les pièces de théâtre et les jolies femmes. Disons-le bien vite, afin qu'aucune équivoque ne soit possible, et que, du moins, Mme Le Prieux n'encoure pas un soupçon injuste : les barnums de cette dernière espèce sont, le plus souvent, des patitos platoniques. Ils ont presque tous une pensée de derrière la tête qui n'a rien à voir avec ce que nos pères appelaient gaiement « la bagatelle ». S'ils veulent profiter du succès de la jolie personne qu'ils essaient de lancer ainsi, c'est pour des raisons de vanité ou d'intérêt. S'ils lui font la cour, c'est une cour très discrète, très paternelle ou très fraternelle, – selon l'âge. Elle consiste à donner, dans des restaurants élégants, des dîners que la jolie femme préside, et où elle se rencontre avec d'autres femmes et d'autres hommes, qu'elle a elle-même profit à connaître, et que le barnum a encore plus profit à lui faire connaître. S'ils lui demandent un rendez-vous, c'est pour l'accompagner à titre de cavalier-servant, et se faire voir avec elle dans quelques-uns des endroits où se passe la revue de ce Tout-Paris spécial : exposition d'aquarelles ou de fleurs, ouverture du Concours hippique ou séances de réception à l'Académie… Remplissez vous-même les et cœtera. D'ordinaire aussi, ce n'est pas d'un seul cornac que la jolie femme doit subir le patronage, c'est de deux, de trois, de quatre, qui se surveillent et se jalousent, comme s'ils étaient de véritables amoureux, tandis qu'ils sont simplement, tantôt de froids calculateurs, tantôt d'inoffensifs et comiques snobs, d'une espèce si particulière qu'à elle seule elle vaudrait un crayon. Ce n'est point ici le lieu de le tracer. Pour caractériser, aux yeux des lecteurs qui connaissent les masques de la comédie parisienne, la catégorie à laquelle appartenait le découvreur de la « belle Mme Le Prieux », il suffira de nommer le personnage. Ce fut Crucé, le célèbre collectionneur, cet adroit sexagénaire qui, ruiné depuis plus de trente ans, se fait les rentes d'une vie très chère, à brocanter les objets d'art de son musée, indéfiniment et mystérieusement renouvelé. Il avait été, à ce titre, un des premiers à fréquenter autrefois l'hôtel Duret, puis, au même titre, un des premiers à oublier que le spéculateur suicidé, fourni par ses soins de quelques précieux bibelots à demi faux, – c'est sa spécialité, – laissait derrière lui une femme et une fille. Mais, retrouvant cette fille belle de cette beauté souveraine, la mémoire lui revint, d'autant plus vite que Mathilde était mariée à un des gros seigneurs de la presse, et, dès lors. Crucé se ménageait des réclames pour une grande vente possible. Il a, d'ailleurs, exécuté ce projet depuis, on se rappelle avec quel entregent et quel succès ! Le vieux boulevardier s'était fait représenter à Mme Le Prieux en lui rappelant avec attendrissement qu'il l'avait connue « haute comme cela ». Et c'est sous les auspices de ce soi-disant ami de sa famille, qui lui aurait fait horreur, si le désir de briller n'avait étouffé en elle tout autre sentiment, que la jeune femme avait commencé ce métier de grande personnalité parisienne, dont il faut encore résumer le bilan avec des chiffres. Si arides que soient certaines additions, leur brutale éloquence emporte une force d'enseignement que diminuerait tout commentaire. Donc, en 1897, – j'ai déjà dit que c'est l'époque où éclata le drame de famille au vif duquel nous mettent ces détails préparatoires, – le passif annuel de la maison Le Prieux se distribuait ainsi : 8,000 francs de loyer, le petit hôtel trop étroit de la rue Viète ayant été remplacé par un grand appartement de la rue du Général-Foy, plus propice aux réceptions ; 12,000 francs de voiture, le fameux coupé au mois, – qui faisait au journaliste autant d'ennemis qu'il avait de confrères en fiacre, – avec deux attelées. Comment s'en passer pour faire des visites tout le jour et sortir tous les soirs ? Comptez 4,000 francs de gages ; le service ne comprenait pourtant que le strict nécessaire : un maître d'hôtel, une femme de chambre, une cuisinière, une fille de cuisine qui aidait au gros ouvrage, un groom pour l'antichambre ou les courses, et des extras pour les dîners et les soirées. Ajoutez-y 12,000 francs de toilette pour Mme Le Prieux et sa fille, 2,000 francs de fleurs, et nous voici à 38,000, auxquels il faut joindre 5,000 francs environ de dépenses personnelles pour Hector. Malgré ses vieilles habitudes d'économie, il est bien obligé pourtant de prendre une voiture de son côté, lorsqu'il rentre du théâtre et que ces dames sont en soirée. Et puis, il y a sa tenue, à laquelle sa femme tient essentiellement. Il y a les mille et un menus frais de sa profession : depuis les pourboires aux ouvreuses, jusqu'aux louis qu'il doit souscrire quand un de ses journaux fait appel à la charité publique, avec listes, pour quelque infortune « bien parisienne ». Nous sommes à 43,000 francs. Si vous calculez maintenant que Mme Le Prieux donne deux grands dîners par mois, et que sa cuisine est remarquablement soignée ; qu'elle y joint trois ou quatre soirées de musique et de comédie par saison ; que ses cadeaux sont mentionnés entre les plus riches dans les comptes rendus d'une dizaine de mariages, et qu'il faut pourtant vivre le reste du temps, renouveler certains détails du mobilier, faire face à l'imprévu, aux indispositions, aux séjours aux eaux, que sais-je ? vous avouerez que 1,600 francs par mois suffisent tout juste, et nous sommes à plus de 60,000 francs, les 60,000 francs par an que gagne Hector et qui font dire de lui qu'il est « arrivé ». Chiffrons encore ce travail du mari, en insistant, pour l'honneur de la corporation des journalistes, tour à tour trop vantée et trop calomniée, sur l'intégrité de ce laborieux ouvrier de plume. Il ne sait pas ce que c'est qu'une « affaire », et n'a jamais touché d'argent que contre du travail livré. Le Prieux a d'abord 12,000 francs par an comme critique théâtral, ce qui représente une moyenne de trois articles par semaine, soit douze par mois. Il a quitté, naturellement, les tribunaux, mais il est « chroniqueur de tête » dans un autre grand journal du boulevard, où il a obtenu les gros prix : 250 francs l'article. Cela lui fait 26,000 francs par an, au taux de deux articles par semaine, c'est-à-dire de huit par mois. Resté fidèle à son ancien journal illustré, qui a prospéré comme lui-même, il y touche 150 francs l'article pour un « Clavaroche » hebdomadaire, ce qui représente 7,800 francs par an, et quatre articles par mois. Il expédie une lettre de quinzaine à un journal sud-américain, – soit, de nouveau, deux articles par mois. Il tient la critique d'art dans une cinquième feuille, ce qui lui fait, avec le compte rendu du Salon, une moyenne d'environ trente-six articles ou bouts d'articles à écrire par an, soit encore trois par mois. Une correspondance, quotidienne et télégraphique, avec le plus important des Nouvellistes de province, complète son budget de recettes, qui s'équilibre, – du moins il le croit, – à peu de chose près, avec le budget des dépenses, en lui permettant l'économie d'une très médiocre assurance. Le tout se solde, si vous voulez faire l'addition des quelques nombres cités plus haut, par une moyenne de soixante articles par mois ou de sept cent vingt par an. C'est ce que la belle Mme Le Prieux appelle « avoir fait leur situation » !

III

UN MÉNAGE PARISIEN : LA FILLE

Que pensait cependant de cette « situation », l'ancien élève de George Sand, celui qu'elle appelait dans ses lettres « son petit Bourbonnichon », le poète des brandes solitaires et des étangs vaporeux, venu à Paris pour y conquérir la gloire d'un Mistral de l'Allier, et transformé, par la prudence héréditaire, puis par le mariage, en une vivante usine à copie ? Sa nature, sans fortes réactions et patiente jusqu'à en être docile, avait-elle subi, elle aussi, la contagion de la maladie de sa femme, de cette fièvre d'amour-propre mondain qui veut que l'on se compare sans cesse à plus riche que soi, et que l'on aille, outrant toujours ses dépenses, compliquant sa vie, sacrifiant follement, tragiquement parfois, l'être au paraître ? Restait-il, au contraire, au fond, tout au fond, le rustique et le simple d'autrefois, et assistait-il aux triomphes parisiens de sa Mathilde, en amoureux, qui s'immole avec délices aux goûts de celle qu'il adore, trop reconnaissant qu'elle daigne accepter cette immolation ? Ou bien, encore, avait-il jugé cette femme, et appartenait-il à cet immense troupeau des époux résignés, qui n'essaient pas de lutter contre la pression des circonstances, contre cet irrésistible engrenage où ils sont pris ? Bien fin qui eût déchiffré la réponse à ces questions, sur la physionomie de l'infatigable articlier. Le jeune provincial, timide et ouvert, de 1866, s'était, peu à peu, avec les années, changé en un homme à l'abord surveillé, aux manières distantes, peu causeur, sinon pour conter quelque anecdote de vie parisienne, sur un ton de moraliste désabusé, en rapport avec le personnage qu'il adoptait décidément dans ses chroniques, celui d'un Desgenais de la haute bourgeoisie. Un peu alourdi par l'âge, mais toujours vigoureux et trapu, l'habitude de parader au théâtre, sur le boulevard, dans d'innombrables dîners et de plus innombrables soirées, avait imprimé à tout son individu cet air important, cossu, presque officiel, que l'on pourrait appeler « l'air ancien préfet ». La trace de ses énormes et inutiles travaux se reconnaissait à son teint, plombé par l'abus des veilles, et à son front, tout barré de longues rides sous ses cheveux grisonnants et coupés militairement. Mais quelles pensées s'agitaient derrière ce faciès, d'une froideur tout administrative ? La bouche, volontiers ironique sous la moustache en brosse, ne l'a jamais dit, elle ne le dira jamais. Pour qui eût eu le goût et le temps de déchiffrer des visages, – mais qui a l'un et l'autre à Paris ? – Hector Le Prieux n'était pas la seule figure énigmatique de sa maison. Depuis deux années environ, à cette date de 1897, les habitués des premières représentations voyaient, de temps à autre, quand la pièce était de celles qui conviennent à une jeune fille, – une pièce à mariages, comme on dit, – la « belle Mme Le Prieux » amener avec elle, dans sa loge, une fine et jolie personne, mise presque exactement comme elle et lui ressemblant, de loin, comme une petite sœur cadette, un peu une Cendrillon. C'était sa fille, cette Reine dont la naissance avait failli lui coûter la vie. Comme la plupart des enfants nés d'une mère trop éprouvée par la grossesse, Reine avait en elle quelque chose de délicat, de presque gracile, qui contrastait avec l'opulente beauté de cette mère, dont la quarantième année étalait des majestés de Junon. Elle, à vingt et un ans, en paraissait à peine dix-huit. Elle était toute fraîche et frêle à la fois, avec des épaules et un buste minces, comme si quelque chose empêchait le plein épanouissement de son être physique, tandis que son regard, trop pensif dans son enfantin visage, avait une précocité d'expression inquiétante. Elle tenait, de sa mère, la longue forme de la tête, le profil droit, les traits réguliers ; mais ce beau type de pure race était chez elle comme effacé, comme atténué, et, sous ses sourcils nettement arqués, elle montrait, au lieu des noires prunelles méridionales et brillantes de Mme Le Prieux, les prunelles brunes et réfléchies de son père. De ce père elle avait aussi les cheveux châtains et la bouche aux lèvres doucement renflées, avec un pli de rêverie triste dans les coins. Jamais le mélange de deux sangs ne fut plus visible. Etait-ce aux hésitations intimes, aux contrastes secrets d'un atavisme par trop double, que Mlle Le Prieux devait la mélancolie singulière de son regard ? Avait-elle, si jeune encore, traversé quelque mystérieuse épreuve et subi une de ces déceptions sentimentales qui, pour être surtout imaginatives, n'en atteignent pas moins profondément une âme adolescente ? Etait-ce simplement la lassitude toute physique d'une enfant, déjà surmenée par l'abus de la vie mondaine ? Quand on parlait de Reine à sa mère, en lui demandant des nouvelles de sa santé avec quelque intérêt, celle-ci répondait : – « Elle est un peu pâlotte, n'est-ce pas ? Elle se développe lentement. Mais c'est sa nature comme ça. Elle n'a pas été malade deux jours depuis son enfance… » Et il lui arrivait, quand elle était en confiance, d'ajouter : – « Ce n'est pas parce que c'est ma fille, mais c'est la perfection sur la terre. Je n'ai jamais eu un mot à lui dire plus haut que l'autre depuis que je la connais. Je ne lui fais qu'un reproche : c'est d'avoir toujours été trop sage. Elle n'est pas jeune... Moi. à son âge, le bal me rendait folle de plaisir. Il m'amuse encore... Elle, elle y va comme elle faisait, toute petite, ses pages d'écriture. On dirait que c est par devoir. Son père était comme cela, autrefois. Je dois dire qu'il a bien changé... Reine changera aussi. Mais, pour le moment, rien ne l'amuse... C'est extraordinaire... » Et la « belle Mme Le Prieux » avait, dans les yeux, une espèce d'étonnement mêlé d'orgueil. On devinait, dans le redressement de son buste, impeccablement sanglé par un corset à la dernière mode, la conscience de l'épouse et de la mère qui maintient son mari et sa fille au rang social où elle les a hissés, sans y être aidée par eux. Si, par hasard, Le Prieux se trouvait là quand sa femme jugeait ainsi Reine, il ne manquait jamais de dire, en haussant les épaules, le : « Mais non, mais non, » indulgemment grondeur, du mari qui trouve que sa femme parle un peu trop, et il détournait la conversation sur un autre sujet, par une de ses anecdotes favorites. Comme tous les conteurs, il n'en avait qu'un nombre restreint, toujours les mêmes et qu'il filait, avec les mêmes temps, le même appui de sa voix sur certaines syllabes, les mêmes effets. Elles sont, hélas ! c'est sa seule faiblesse, dirigées trop souvent contre des confrères qui ont le tort d'avoir quitté la presse pour le livre, et de gagner en librairie ce qu'il doit continuer à demander au journal : – « Reine s'amuse silencieux, » disait-il, « comme moi, c'est vrai. Vous, vous amusez bruyant. Voilà toute la différence. Mais elle a trop d'esprit et de bon sens pour donner dans le travers des gens d'aujourd'hui qui jouent aux ennuyés dans des endroits de plaisir, après avoir tout fait pour y aller... J'ai vu naître ce chic. Je me rappelle encore, il y a bien longtemps de cela : Jacques Molan, le romancier, était venu chez moi, rue Viète, m'implorer pour que je lui fisse obtenir une invitation à la redoute de bêtes de la comtesse Komow. Je la lui obtiens après beaucoup de démarches. Mais la bonne comtesse nous aimait tant !... Le hasard veut que, vers onze heures, avant de me costumer moi-même, je passe au journal, et qui trouvé-je, au milieu des reporters ébahis ? Mon Jacques Molan, habillé en ours, le museau rabattu par-dessus sa tête, comme un capuchon, et il prenait son grand air ennuyé pour débiter aux pauvres petits camarades :

« Il n'y a pas eu moyen de dire non à la comtesse, elle a trop insisté... Ah ! mes amis, quel dur métier que d'être un homme du monde !... » Ces deux formules : « Reine n'est pas assez jeune... Reine s'amuse silencieux... » résumaient, dans leur expression familière, des centaines de conversations que M. et Mme Le Prieux avaient eues sur leur enfant. Ces entretiens d'un ordre si délicat, si grave aussi, – puisqu'il s'agissait du caractère, et, par conséquent, des chances de bonheur ou de malheur promises à leur fille unique, – avaient lieu d'ordinaire dans le coupé qui les ramenait d'une « première », où ils n'avaient pu la conduire. C'étaient les seuls instants de tête-à-tête qu'eussent ces époux, très unis pourtant, du moins qui se croyaient très unis. Mais, entre les corvées du monde, pour la femme, et, pour le mari, les corvées de copie, à quelle heure auraient-ils pu causer longuement et intimement ? La nécessité où se trouvait le courriériste dramatique de rester sans cesse à son journal jusqu'à plus d'une heure du matin, pour y improviser son article ou pour l'achever, quand il l'avait commencé sur la répétition générale, les avait décidés à faire lit à part. Hector avait voulu pouvoir rentrer, sans troubler le sommeil de sa femme, lorsque celle-ci s'était couchée plus tôt, et, inversement, quand c'était elle qui s'attardait à un bal avec sa fille, elle ne réveillait pas Hector. Celui-ci ne suffisait à son énorme besogne qu'en préservant ses matinées. Assis à sa table sur le coup de neuf heures, exactement, sa porte condamnée, il ne s'en relevait qu'à midi, ayant mis à bas la plus grande partie de sa tâche quotidienne. Il fallait des circonstances exceptionnelles pour qu'il allât manger son œuf à la coque et boire son café noir auprès de sa femme. Il ne la voyait pour la première fois, d'habitude, qu'au déjeuner de midi, le temps de lui dire bonjour, et Reine était là. Reine était encore là aux dîners, les rares dîners qu'ils prenaient à la maison. Entre temps, il leur fallait vaquer, la mère à ses visites, le père à ses courses, au surplus de son travail, à son énorme courrier. Il s'était fait, à l'imitation d'un autre fécond journaliste, des collaborateurs de ses correspondants, en prenant sans cesse leurs lettres pour thèmes de ses articles. – Le soir appartenait au monde et au théâtre. Etonnez-vous maintenant, si les plus sérieuses causeries de ce ménage avaient lieu dans l'unique tête-à-tête que cette existence permît à ces deux victimes de Paris, au retour du spectacle, et c'est ainsi que la première scène du drame familial auquel j'arrive enfin se joua dans l'intérieur d'un coupé de louage, entre la porte d'un théâtre et celle d'un bureau de rédaction... Vous voyez ce tableautin d'ici : la nuit de janvier épaississant sur la ville un âcre brouillard que les becs de gaz trouent à peine, au long des trottoirs la marche rapide des passants glacés, la voiture roulant sans bruit sur ses roues caoutchoutées, le cocher retenant, de ses mains glacées sous les gros gants, sa bête fumante dont le grelot sonne et qui pressent l'écurie. Derrière les vitres embuées se dessinent les silhouettes de Mathilde et d'Hector : – elle, coiffée d'une délicieuse capote de théâtre aux nuances tendres, son profil de Junon émergeant de la blanche fourrure en chèvre du Thibet dont est doublée sa mante de velours rubis ; – lui, montrant sous la loutre de sa pelisse le plastron à boutons d'or guillochés et le gilet blanc d'un clubman. Vous diriez, à les voir, un couple d'oisifs, un homme du monde que sa femme va déposer à son cercle avant de rentrer elle-même, et c'est un gazetier qui se prépare à gagner ce coûteux à-peu-près de luxe, en peinant, à cette heure-ci, sur des épreuves à la brosse, humides encore de l'imprimerie. Quel symbole de toute leur vie que cette traversée de Paris à cette heure-là et dans ces conditions ! J'ai négligé de dire que la pièce à laquelle ils venaient d'assister avait été donnée à l'Odéon, et que le journal où Le Prieux fait les théâtres est installé dans un entresol de cette rue de la Grange-Batelière, qui partage, avec celle du Croissant, l'honneur d'avoir vu naître et mourir d'innombrables feuilles. Mme Le Prieux avait sans doute escompté la durée de ce voyage nocturne, pour avoir avec son mari la conversation qu'elle entama, aussitôt que le coupé, dégagé de l'encombrement de la place, eut commencé d'aller au plein trot de son cheval : – « Resterez-vous longtemps au journal, mon ami ?... » demanda-t-elle. – « Pas très longtemps, » répondit Hector. « J'ai écrit mon article ce matin, d'après le grand principe : ne remets jamais au lendemain ce que tu peux faire la veille... On n'a rien changé après la répétition générale. Quelques mots pour constater le succès, mes épreuves à revoir, – le tout me prendra une petite demi-heure. Mais pourquoi ?... » – « Parce que je voudrais vous parler en détail d'une chose tout à fait sérieuse, » dit Mathilde. Comme on voit, même dans l'intimité, elle était toujours la « belle Mme Le Prieux ». Le « tu » familier et bourgeois n'avait jamais cessé d'être de sa part une faveur, comme une dérogation à son rang de Déesse : « Si vous n'en avez que pour une demi-heure, je vous attendrai en bas dans la voiture… » – « M'attendre ?… » s'écria Le Prieux. « Alors je ne corrigerai pas l'épreuve, voilà tout. Ce brave Cartier s'en chargera pour moi. » Ce Cartier était le secrétaire de la rédaction, que l'obligeant Hector avait placé là et qu'il considérait comme lui étant tout dévoué. Après avoir hésité quelques secondes, il posa cette question, qui prouvait naïvement à quel point une certaine idée le préoccupait : « Une chose tout à fait sérieuse ? Est-ce qu'il s'agirait d'un mariage pour Reine ?… » – « Précisément, » fit Mme Le Prieux. Puis, avec un rien d'hésitation elle aussi, et comme une nuance d'inquiétude qu'Hector devait se rappeler plus tard : « Qui vous fait me demander cela ? On vous a donc pressenti de votre côté… ? » – « Moi ? » dit-il, « pas le moins du monde. Mais du moment que tu me parles sur un certain ton, de quoi pourrait-il s'agir, sinon du bonheur de Reine ? Tu l'aimes tant et tu as si raison de l'aimer. Elle te ressemble… » Et il lui serra la main avec la tendresse profonde que venaient de trahir et cet éloge et ce subit changement d'appellation. Mathilde n'avait pas besoin de ces petits signes d'émotion dans la tendresse pour savoir que cet homme, d'un cœur si fidèle, d'un dévouement si inlassable, était amoureux d'elle comme au premier jour. Fut-elle touchée de constater, une fois de plus, cette sensibilité de son mari ? Ou bien cet hommage, si spontané, aux hautes et précieuses qualités d'épouse et de mère qu'elle croyait posséder, chatouilla-t-il une place cachée de son amour-propre ? Ou bien encore voulait-elle, appréhendant des objections à l'idée qu'elle roulait depuis des mois dans son front étroit et dominateur, les détruire aussitôt ? Toujours est-il qu'elle rendit à Hector son serrement de main et qu'elle lui répondit, en condescendant, elle aussi, au tutoiement : – « Je n'ai qu'un mérite, celui de n'avoir jamais cessé d'être une femme de devoir. Tu m'en récompenses bien, je t'assure… Voici, » continua-t-elle : « Crucé était venu me parler de ce projet la semaine dernière. Je n'avais pas cru devoir t'en entretenir, avant que les choses ne fussent plus avancées, de peur de t'enlever cette liberté d'esprit qui t'est si nécessaire pour ton travail. Il est revenu aujourd'hui, et il m'a demandé, de la façon la plus positive cette fois, ce que nous penserions du mariage de Reine avec le jeune Faucherot… » – « Edgard Faucherot ? » s'écria Le Prieux : « Faucherot voudrait épouser Reine ?… » – « Et pourquoi pas ? » demanda Mathilde. « Qu'est-ce qui t'étonne tant, dans cette démarche ? Car les Faucherot font la première démarche, remarque-le bien. Crucé ne m'a pas caché que s'il n'était pas un ambassadeur officiel, il était à tout le moins un messager très officieux… » – « Ce qui m'étonne ?… » fit Hector. « Mais d'abord, Faucherot n'est pas libre. Tu as donc oublié que cet automne encore sa mère se plaignait à toi des folies qu'il faisait pour la petite Percy. Elle voulait que je m'emploie à la faire engager pour l'Amérique afin de la séparer de son fils, et comme Percy est toujours aux Variétés… » – « Cela prouve tout simplement qu'il s'est rendu libre. Il a rompu avec elle, » dit Mme Le Prieux, « et précisément parce qu'il aime Reine… Que cela ne t'inquiète pas, mon ami. J'ai pris mes renseignements, moi aussi. Mme Faucherot a exagéré les choses. Comme elle est veuve, et qu'elle n'a qu'un fils, c'était naturel qu'elle prît peur. Ce jeune homme a eu simplement la tête tournée par la vanité d'afficher une comédienne à la mode. Il ne s'agit pas là d'une de ces liaisons qui marquent dans la vie, et qui peuvent inquiéter les parents d'une jeune fille… » – « C'est égal, » fit Hector, « j'avais rêvé, je te l'avoue, pour celui auquel nous donnerons notre charmante Reine, d'autres souvenirs de jeunesse que des soupers avec la petite Percy… Et puis, il n'y a pas que la petite Percy, il y a la mère. Tu as mis des années, voyons, rappelle-toi, avant de recevoir Mme Faucherot ? Tu la vois maintenant par bonté, parce que c'est une brave femme, j'en conviens, et que toi tu en es une excellente… Mais si elle devient la belle-mère de Reine, ce sont des rapports de famille que tu devras avoir avec elle, toi qui as été élevée comme une grande dame. » (Il croyait cela, le chroniqueur parisien !) « Et elle ?… Qu'elle ait débuté comme vendeuse dans la maison Faucherot avant d'être promue au rang de patronne, je ne le lui reproche pas… Il y a des vendeuses qui sont des dames… Mais elle ?… J'ai bien le droit de dire qu'elle a gardé un fort parfum de boutique, et les millions de feu le père Faucherot n'y peuvent rien. Elle a pu faire enlever les grandes lettres d'or que je voyais resplendir, sur le devant de leur balcon, rue de la Banque, lorsque je passais par là en allant au journal, autrefois : Hardy, Faucherot successeur, Soie et Velours. Ces lettres, elle les porte partout avec elle, imprimées sur tout son être… Elle reste, ce qu'elle était derrière son comptoir, petite bourgeoise et commune à en pleurer. Elle le reste chez les grandes couturières où elle s'habille maintenant, au Bois, dans sa voiture, que traîne sa paire de chevaux de dix mille francs. Ah ! Elle ne nous en a pas laissé ignorer le prix, pas plus que celui des foies gras et des vins que l'on sert chez elle !… Et ces invitations qu'elle lançait par tout Paris, dans les premiers temps, à des grandes célébrités qu'elle ne connaissait pas, pour se faire un salon ? Et ses gaffes ? Elles sont célèbres. Toi, la femme du monde par excellence, comment les supporteras-tu ? Ma pauvre amie, même avec ton tact et ton doigté, qui est supérieur, tu n'arriveras pas à t'en tirer… » Mme Le Prieux avait laissé parler le journaliste, qui, on le voit, avait pris de son métier l'habitude de causer, un peu comme il écrivait, par morceaux et par tirades. S'il manquait totalement à Mathilde, je l'ai déjà dit, et toute sa vie le montre trop, cette intelligence du cœur d'autrui qui permet seule la vraie délicatesse, elle avait cette autre intelligence, si féminine qu'elle est la femme même, et qui consiste à savoir exactement ce que le plus délicat des grands poètes antiques appelait déjà « les abords faibles de l'homme et ses moments ». Elle avait eu son idée en ne coupant pas la « tartine » de Le Prieux. La grande objection à un mariage qu'elle avait, on le devine, préparé savamment n'était pas celle qui venait du plus ou moins de distinction de Mme Faucherot, de la maison Hardy, Faucherot successeur, soie et velours. En permettant à son mari de s'échauffer, elle comptait bien qu'il arriverait à montrer le fond de sa pensée, et c'est ce qu'il fit en concluant, après un silence, et comme elle ne répondait toujours pas : – « Et puis, je passerais sur le fils, tu passerais sur la mère. Il resterait à savoir ce que pense Reine… » – « Ah ! » fit la mère avec un accent singulier, tout mélangé d'ironie et de curiosité : « Tu sais ce que pense Reine ?… C'est vrai. Elle s'ouvre un peu avec toi. Que t'a-t-elle donc dit ? » Il y eut un nouveau silence. La dominatrice venait, par désir de savoir si une autre démarche avait été faite auprès d'Hector, de toucher à la place la plus sensible et la plus secrète, la plus douloureuse aussi de ce cœur d'époux et de père, une place presque inconnue de lui-même. Pareil sur ce point à tous les hommes chez lesquels la timidité résulte, non pas des circonstances, mais de leur personne, et dont c'est la façon même de sentir, Hector se trouvait absolument déconcerté devant les natures très renfermées comme était celle de Reine. Que de fois, dans le regard de sa fille fixé sur lui, il avait aperçu, deviné plutôt, un mystère, des pensées et des sentiments qu'il avait eu à la fois désir et peur de démêler, peut-être parce que ces sentiments et ces pensées correspondaient à des choses secrètes de son propre cœur qu'il ne consentait pas à s'avouer ! Oui. Il savait ce que Reine pensait, mais il ne voulait pas le savoir. Il savait que cette tristesse des yeux de cette charmante enfant venait d'une pitié profonde, infinie, pour lui, pour son existence de forçat littéraire, esclavage, – par quoi et par qui ? Répondre à cette question, c'eût été condamner quelqu'un, qu'il aimait avec cette tendresse passionnée, qui ne juge pas, fût-ce devant l'évidence ; et, ce qui achevait de lui rendre plus douloureux encore l'inconnu de ces pensées et de ces sentiments de sa fille, c'était précisément la crainte qu'il ne fût pas seul à en soupçonner la nature. C'est pour cela que cette phrase de sa femme l'avait fait tressaillir, et qu'il répondit avec un sourire contraint, en essayant de feindre une indifférence qui n'était pas dans son cœur : – « Ce qu'elle m'a dit ?… Mais absolument rien… Ne t'imagine pas qu'elle s'ouvre avec moi plus qu'avec toi. D'ailleurs à quel moment pourrait-elle me faire des confidences ? Je ne la vois quasi jamais seule… Mais à défaut de confidences j'ai… » – Une évidente gêne lui faisait chercher ses mots. Il répéta : « Oui, à défaut de confidences, j'ai des impressions, et, puisque nous sommes sur ce chapitre, j'avais cru remarquer que, si elle distinguait quelqu'un, ce n'était certes pas Faucherot… » – « Et qui serait-ce ?… » interrogea vivement la mère. – « Ce serait son cousin Huguenin, » répondit Le Prieux, et, comme se défendant du manque de confiance qu'impliquait sa discrétion sur un pareil secret : « Je te répète que c'est une hypothèse gratuite, que Reine ne m'en a jamais, jamais parlé, ni Charles non plus, d'ailleurs... Tu penses bien que je ne serais pas resté sans te prévenir aussitôt... »

– « En effet, » dit Mme Le Prieux, en haussant à demi ses belles épaules, « c'était une inclination à ne pas encourager... Tu sais comme je suis bonne parente, » insista-t-elle, « et comme j'ai accueilli Charles Huguenin, quoique après tout il ne soit qu'un cousin au second degré, et que je n'eusse pas vu son père depuis des années... Mais Charles a peu de fortune. Il n'a pas de position. Ce n'en est pas une d'avoir fini son droit et de s'être fait inscrire au barreau de Paris. S'il se mariait maintenant, il lui faudrait, pour pouvoir soutenir sa femme, aller s'établir en Provence, avec son père, et faire du vin, de l'huile et des vers à soie... Et franchement, vois-tu Reine, dans un mas de là-bas, surveillant les ouvriers, et plus de théâtre, plus de visites, plus de bals ?... Je sais. Je sais. Elle dit toujours qu'elle n'a pas le goût du monde. Maman aussi disait cela, du vivant de mon pauvre père, et puis, quand nous avons été ruinés, c'était moi qui devais la réconforter... Mais il ne s'agit pas de cela. Heureusement Charles ne pense pas plus à Reine que Reine ne pense à Charles. J'en reviens aux Faucherot. Que faudra-t-il répondre à Crucé ?.., Je dois tout de suite te dire que la question de la dot est réglée. Je n'ai rien caché à cet excellent ami, et cette brave Mme Faucherot – qui a ses ridicules, j'en conviens, moins qu'autrefois, elle se forme, – a toujours eu beaucoup de cœur. Elle a très bien compris. On ne peut pas tout faire dans la vie. Son mari et elle ont fait de l'argent, nous avons fait, nous, des relations. Ce n'est pas ta faute, si nous n'avons rien à donner à Reine, mon ami, c'est celle de ton métier. Je le savais quand je t'ai épousé, mais je me suis promis d'épargner à notre enfant, si c'était possible, tant de soucis que nous avons eus... Bon. Nous voici au journal. Ne te dépêche pas, corrige tes épreuves, j'attendrai tout le temps qu'il faudra... » Le coupé avait en effet tourné le coin de la rue Drouot, comme la généreuse Mathilde accordait ce magnanime pardon à son mari, et lui faisait, avec condescendance, cette offre d'une attente de trente minutes, dans une voiture très capitonnée et très chauffée. Pourquoi celui-ci, en descendant de cette voiture et en gravissant de ses bottines vernies les marches contaminées de l'escalier, se rappela-t-il soudain les yeux bruns de Reine et la tristesse de leur regard ? Quel rapport y avait-il donc entre ce regard et les paroles qu'avait prononcées sa mère ? Pourquoi aussi, tandis que le brave Cartier – comme il l'avait appelé, – lui tendait ses épreuves, le journaliste voyait-il distinctement, au lieu des feuillets maculés, sur lesquels sa plume machinale traçait les signes cabalistiques des corrections, oui, pourquoi voyait-il le paysage de Provence qu'il n'avait contemplé qu'une fois pendant douze heures, au mois de septembre, en passant, au retour d'un congrès de presse : le mas des Huguenin, abrité du mistral par le rideau noir de ses cyprès, les lignes des ceps, étalant leurs feuilles découpées et l'opulence de leurs lourdes grappes de raisins violets au-dessus de la terre rouge, un clos de rosiers en fleur, un bois d'oliviers argentés tout auprès, et les rochers qui séparent ce bois de la Méditerranée, toute bleue et blanche de voiles ?... Quel rapport cette vision avait-elle avec l'homme de lettres qui griffonnait maintenant les quelques lignes complémentaires de son article, d'une main soignée et fine où brillaient deux belles pierres ? Cette main n'avait jamais touché un outil rustique, sinon dans sa plus lointaine enfance. Etait-ce pourtant la nostalgie de la terre qui reprenait l'écrivain connu ? Etait-ce le provincial qui reparaissait après trente années et plus dans le Parisien ? Ou bien devinait-il que le bonheur de cette fille qui lui ressemblait d'âme comme elle lui ressemblait des yeux, était là-bas, loin, bien loin des millions du fils Faucherot, loin de Paris, – loin de quoi et de qui encore ?... Mais déjà la vision s'était effacée. Hector avait ramassé les feuillets corrigés de ses épreuves, il les avait donnés à Cartier, il avait boutonné sa pelisse, et, touchant de sa main le bord de son chapeau, froidement, dignement, comme il sied à l'un des princes de la critique vis-à-vis des simples reporters qui besognaient là tardivement, il avait quitté la salle de rédaction, sans entendre les propos que les petits journalistes, ainsi salués, échangeaient maintenant sur le compte de leur aîné. – « C'est encore un de nos jolis chapeaux vissés, le père Le Prieux, » faisait l'un. – « Et penser qu'à son âge tu seras peut-être aussi snob que lui, » faisait l'autre, et il ajouta en riant : « et aussi gâteux... » – « Le fait est qu'il est d'un nul ! Sa dernière chronique était-elle assez coco ? On se demande comment c'est arrivé, un gaillard comme celui-là. » – « Le nouveau moyen de parvenir, par Hector Le Prieux, I volume, 3 fr. 50, » fit le brave Cartier, en bouffonnant : « axiome : on épouse d'abord une très belle femme... » – « Qu'entendez-vous par là ? » demanda l'autre. – « Mais ce que vous entendez vous-même, » fit Cartier, qui avait pressé sur un timbre et qui s'interrompit de sa rosserie, pour dire au garçon de bureau, venu à l'ordre : « Avertissez la composition que Le Prieux fera une colonne trois quarts... Je revois l'épreuve. Vous l'aurez dans dix minutes... Nous, qui ne sommes pas de la haute, si nous en culottions une... » Et l'obligé d'Hector le snob, d'Hector le gâteux, d'Hector le mari arrivé par la beauté de sa femme, bourra soigneusement une pipe d'écume qu'il alluma, de son air narquois d'excellent garçon, en reprenant les feuillets que Le Prieux avait déjà corrigés, pour les nettoyer de leurs dernières coquilles... C'était sa manière de payer sa dette envers son protecteur. Le secrétaire de rédaction était sincère dans ses diffamations, et dans la complaisance qu'il mettait à rendre ce service au vieux journaliste. Il lui était reconnaissant et il l'enviait, non pas de sa position littéraire, mais de sa voiture au mois, mais de ses relations dans la Haute, – respectons son style, – mais enfin d'être le mari de la « belle Mme Le Prieux » !

IV

LE PRIX DU DÉCOR

Au lendemain de cet entretien, dont la seconde partie fut la répétition de la première, avec cette différence que les objections d'Hector étaient à la fin tombées une par une, la délicate et jolie enfant qui en avait été l'objet sans le savoir, Reine Le Prieux, s'était levée comme d'habitude avant huit heures. Il était convenu dans la famille qu'elle n'avait pas besoin de beaucoup de sommeil. En réalité, la jeune fille, lorsqu'elle avait passé la soirée dehors et qu'elle se réveillait à cette heure matinale, se sentait bien épuisée, bien brisée. Elle n'avouait jamais ces lassitudes, qui pâlissaient son frais visage, cernaient de nacre ses beaux yeux bruns et quelquefois lui enfonçaient à la tempe un lancinant point de migraine. Mais si elle n'avait pas laissé s'établir cette légende, aurait-elle pu surveiller elle-même, comme elle faisait chaque matin, les menus détails du cabinet de travail de son père ? C'était elle qui rangeait, de ses fines mains attentives, le papier à lettres et les enveloppes dans le casier posé sur le bureau ; elle qui mettait le calendrier mobile à la date du mois et au nom du jour ; elle qui renouvelait les plumes dans les porte-plumes ; elle qui vérifiait si le block dont le chroniqueur se servait pour ses articles avait un nombre suffisant de feuilles à détacher. Tandis qu'elle vaquait à ces soins minutieux, une inexprimable émotion altérait parfois son visage. Quand elle avait fini cette pieuse tâche, il lui arrivait de regarder longuement un portrait de son père relégué là par Mme Le Prieux, et qui montrait l'écrivain tout jeune, dans une tenue assez bohémienne pour justifier cet exil hors du salon de réception. Un camarade du quartier Latin l'avait peint en vareuse rouge, un foulard autour du cou, les cheveux longs, en train d'écrire sur ses genoux. Cette pochade d'atelier avait cette heureuse qualité propre aux toiles brossées de verve : elle était vivante et donnait vraiment l'idée de ce qu'avait été le petit paysan du Bourbonnais dans ses premières années de ferveur naïve et d'enthousiasme, avec de la lumière sur son front et dans ses prunelles. De quel attendrissement Reine était saisie, en comparant cette image lointaine de son père à ce père lui-même, tel qu'il allait s'asseoir dans ce fauteuil, devant cette table préparée par elle, pour s'atteler à un labeur que l'attentive Antigone pouvait mesurer matériellement d'après la rapidité avec laquelle diminuait l'épaisseur du block ! Elle allait alors prendre dans la bibliothèque du journaliste trois volumes, plus soigneusement reliés que les autres, et qui contenaient les deux recueils de vers et le roman de Le Prieux, sur grand papier : ces Genêts des Brandes, ces Rondes Bourbonnaises et ce Rossigneu que la douce enfant était bien seule à jamais relire et admirer. Ce n'était pas un bas-bleu que Reine, et elle n'était pas capable de juger ces faibles poèmes et ce peu original roman. Elle les feuilletait, avec la partialité passionnée d'un être qui aime. Elle ne savait rien au monde qui lui parût plus beau, – plus beau et plus poignant. Car, si elle ne possédait pas assez de sens critique pour discerner les insuffisances de ces premiers essais, son cœur lui faisait sentir, avec la plus douloureuse lucidité, quelles mutilations leur auteur avait dû exécuter sur lui-même pour devenir le tâcheron littéraire qu'il était devenu. Par quel miracle d'affection la silencieuse créature, si naïve, si peu expérimentée, avait-elle deviné ce drame caché de la vie de l'artiste déchu, que celui-ci ne se racontait pas à lui-même ? Les ressemblances de sensibilité entre un père et une fille produisent de ces phénomènes de double vue morale. Le père éprouve d'avance les chagrins qui menacent seulement sa fille. La fille plaint son père de tristesses qu'il subit sans vouloir les admettre, et c'est bien pour cela que, durant ces visites matinales au laboratoire de copie, Reine détournait toujours ses yeux d'un autre portrait, celui de sa mère, posé sur le bureau, et qui la représentait vraiment en « belle Mme Le Prieux », dans un costume de princesse de la Renaissance, qu'elle avait porté avec un succès éclatant, à une fête parée. La grande photographie, qu'un verre protégeait et qu'encadrait une bordure d'argent ciselé, dominait le papier, les plumes, l'encrier, le buvard, tous ces humbles outils du patient labeur qui avait payé cette toilette, et combien d'autres ! La jeune fille jugeait-elle déjà sa mère, qu'elle semblait avoir l'horreur de ce portrait, ou bien appréhendait-elle de la juger, et, pareille à son père sur ce point encore, ne voulait-elle pas s'avouer certaines impressions obscures et trop pénibles qui palpitaient pourtant, qui vivaient dans le fond de son être intime ? Cette sympathie, dont le lien caché unissait ainsi Hector Le Prieux à sa fille, devait être bien forte, car, de même qu'elle avait deviné son secret à lui, il se trouvait avoir, presque sans un indice, deviné son secret à elle. S'il avait pu, par ce matin de janvier, la suivre à travers les allées et venues de sa pensée, il aurait constaté qu'en prononçant le nom de Charles Huguenin, dans sa conversation de la veille, il ne s'était pas trompé sur les inclinations du cœur de Reine. Seulement il croyait que la jeune fille ne faisait, comme il avait dit, que distinguer son cousin, au lieu qu'elle l'aimait. Cet amour était né, comme il arrive à vingt ans, d'une réaction. Nous commençons presque toujours par aimer quelqu'un contre quelqu'un d'autre ou contre quelque chose. Cette pitié que Reine Le

Prieux éprouvait pour son père se traduisait par une aversion instinctive, irrésistible et presque animale, envers le milieu dont ce père était la victime. Trop délicate et trop scrupuleuse pour rendre sa mère responsable de ce qu'elle considérait comme un désastre de destinée, elle s'en prenait involontairement à tout ce que cette mère aimait et qu'elle détestait aussitôt. N'osant pas la condamner dans sa personne, elle la condamnait dans ses goûts. Elle haïssait ainsi, de cette haine irraisonnée, et Paris, et le monde, et les dîners en ville, et les bals, et les soirées, et les premières représentations, et les toilettes, et le luxe, tout ce décor enfin dont elle connaissait trop le prix. La vision du mas provençal qui, la veille, avait si étrangement traversé l'imagination du journaliste en train de corriger son épreuve, ne la quittait plus, elle, depuis la journée de septembre où ce coin de campagne méridionale lui était apparu. Elle s'était vue en pensée, habitant cette maison paisible et y vivant d'une vie simple, avec quelqu'un qui l'aimerait simplement, et ce cousin Charles, ce timide garçon, aux trois quarts provincial, avait trouvé le chemin de son cœur par sa gaucherie même. Elle s'était plue, dans l'innocente privauté de son parentage, à combattre chez lui une certaine ambition d'une existence plus brillante, qui le poussait, élève très remarquable autrefois de son collège, lauréat aujourd'hui de l'école de droit, à faire sa carrière au barreau de Paris. Et de causeries en causeries, de conseils en conseils, le cousin et la cousine avaient fini par s'éprendre, l'un à l'égard de l'autre, d'un de ces sentiments qui n'ont besoin, pour se communiquer et s'affirmer, ni de déclarations ni de promesses, – sentiment tout composé de respect enthousiaste de la part du jeune homme, de pudeur confiante de la part de la jeune fille, et qui avait envahi leurs deux âmes en les enveloppant comme d'une atmosphère, sans aucune parole trop précise, aucun regard trop brûlant, aucune pression de main trop vibrante. Et quand la minute était arrivée du définitif aveu, il leur avait semblé, tant ils étaient sûrs du cœur l'un de l'autre, qu'ils s'étaient dit depuis longtemps, depuis toujours qu'ils s'aimaient. Cet inévitable aveu, qui devait bouleverser les savantes combinaisons de ces deux Machiavels en jupon, Mme Le Prieux et Mme Faucherot, et de ce troisième Machiavel en habit noir, le subtil Crucé, s'était échangé la semaine précédente seulement. La chose s'était faite dans ces conditions de demi-badinage que comportait l'amicale, la fraternelle familiarité des rapports entre les deux cousins. C'était dans un grand bal, chez le directeur d'une banque, où Mme Le Prieux avait fait inviter le jeune homme, qui, depuis quelque temps, devenait moins sauvage. La mère aveuglée, comme le sont souvent les parents, par ses idées préconçues sur le caractère de sa fille, s'en était félicitée le soir même auprès de celle-ci. Et Reine, en s'appuyant au bras de son cousin pour aller au buffet, après une contredanse, lui avait rapporté cet éloge maternel : – « Alors, » avait demandé Charles tout d'un coup « vous croyez que je ne lui suis plus antipathique ?... » – « Vous ne le lui avez jamais été, » avait répondu vivement Reine, « mais à présent, vous êtes tout à fait grand favori. Je vais devoir implorer votre protection auprès d'elle, quand j'aurai quelque difficulté. » – « Je vous l'accorderai, cousine, » avait repris le jeune homme, en souriant et rougissant à la fois. « Et ce serait peut-être le moment d'écrire à ma mère, à moi, pour lui demander ce que j'ai tant envie de lui demander, et puis je n'ose pas ? » – « Quoi donc ? » avait interrogé Reine, avec un sourire, elle aussi, sur ses lèvres entr'ouvertes et un tressaillement intérieur. Elle avait retiré son bras, et elle s'était arrêtée une seconde, comme pour s'éventer. Quoique ce ne fût guère l'endroit, ce coin de bal, avec son buffet dressé, auprès duquel ils arrivaient, pour prononcer certaines paroles solennelles, la jeune fille les attendait, ces paroles. En tête à tête, sa modestie ne lui eût pas permis de les écouter, et Charles n'eût pas eu le courage de les proférer, au lieu qu'ici, les nerfs remués par le rythme adouci de la musique, si protégés tout ensemble et si isolés parmi ces couples de robes claires et d'habits noirs qui glissaient, revenaient, tournaient, à quelques pas d'eux, il n'avait pas craint de lui dire : – « C'est que je ne le ferai que si vous me le permettez, ma cousine ?... Je voudrais donc demander à ma mère qu'elle-même écrivît à la vôtre, pour savoir si elle peut venir à Paris faire elle-même une certaine démarche... Enfin, ma cousine, si je vous priais de changer ce nom contre un autre et d'accepter de devenir Mme Charles Huguenin, que répondriez-vous ?... » Tandis que Charles parlait, Reine pouvait voir que lui aussi tremblait un peu. Une extraordinaire émotion s'était emparée d'elle, et, avec un frémissement dans la voix, elle avait dit : – « Si mon père et ma mère répondent oui, je répondrai comme eux... Epargnez-moi, » avait-elle ajouté, et il avait simplement repris d'un accent étouffé : – « J'écrirai demain... Votre mère aura la lettre de la mienne dans quatre jours. Qu'ils me sembleront longs, et pourtant, cousine, il y a deux ans que je vous aime... » Comme une autre personne s'approchait d'eux, qui n'était rien moins que le seigneur Crucé lui-même, Reine avait été dispensée de répondre à cette trop douce phrase. Combien elle avait su gré, à celui qui venait de parler ainsi, de la délicatesse avec laquelle il avait disparu aussitôt ! Il l'avait épargnée, comme elle le lui avait demandé. Il avait compris quel trouble c'était pour elle d'écouter des mots qu'une enfant scrupuleuse ne saurait entendre, sans que son devoir soit de les répéter à sa mère. Combien elle lui avait su gré encore de ne plus reparaître rue du Général-Foy, durant ces quatre jours ! Quoiqu'elle appréhendât quelques objections de la part de Mme Le Prieux, la jeune fille ne doutait pas que ses parents ne la laissassent libre de répondre selon son cœur à la démarche des parents de Charles. Elle ne doutait pas non plus que ceux-ci ne la fissent, cette démarche qui marquerait pour elle le commencement d'une nouvelle vie. Cette petite fièvre d'amour et d'espérance qui la soulevait depuis la conversation du bal n'allait pas, comme on pense, sans des impressions contradictoires. C'étaient justement ces impressions qui, par ce matin de janvier, rendaient la jeune fille si nerveuse devant le portrait de son père, tandis qu'elle achevait de disposer, suivant son habitude, la table du martyr de la copie. Elle sentait trop, qu'elle partie, la solitude du journaliste serait bien complète, et, comme c'était le sixième jour maintenant depuis le bal et que la lettre de Mme Huguenin à Mme Le Prieux devait être arrivée, elle songeait : – « Pauvre cher Pée, » se disait-elle, en employant, pour se parler à elle-même de son père, la jolie petite abréviation patoise qu'il lui avait apprise, « c'est mal pourtant de désirer le quitter. Qui lui arrangera ses papiers juste comme il veut, quand je ne serai plus là ? Maman ne saurait pas. Et puis, elle ne peut pas se lever si matin. Avec qui parlera-t-il de ses projets ? Qui l'encouragera à écrire au moins son livre sur la poésie du Bourbonnais ?... » C'était, en effet, un des projets caressés par l'écrivain. Cette humble ambition était sa dernière rêverie d'artiste ! N'espérant plus jamais trouver le loisir d'une œuvre d'imagination, ni cette élasticité intérieure nécessaire aux vers et au roman, il avait commencé de s'atteler à un minutieux ouvrage d'érudition, qui satisfaisait, à la fois, son besoin d'un travail non mercenaire et son goût ancien, et toujours persistant, pour la littérature de terroir. Il s'était proposé d'écrire une étude sur les poètes de sa province : Jean Dupin, Pierre et Jeannette de Nesson, Henri Baude, Jean Robertet, Blaise de Vigenère, Etienne Bournier, Claude Billard, Jean de Lingendes. Ces noms, et d'autres encore, qui ne sont même pas connus des bibliophiles les plus fureteurs, lui étaient familiers, et, par lui, à la jeune fille qui avait transcrit de sa main tous les extraits de ces auteurs, destinés à figurer dans le volume. Et elle continuait son monologue : « Mais non. Il finira ce livre chez nous… Il viendra y faire un séjour, en été, quand il n'y a plus de premières, au lieu d'aller dans ce Trouville, qui leur coûte si cher. Je lui installerai une chambre qui donne sur le bois de pins, et qui sait s'il n'aura pas là un retour d'inspiration ?… » Et elle le voyait, assis près de la fenêtre ouverte. Le bruit du vent dans la pinède emplissait l'immense espace, mêlé à la lointaine rumeur des lames sur la grève et au crépitement aigu des cigales. Reine voyait la main de son père sur la table, et sa plume tracer des lignes inachevées, qui étaient des vers !… Puis une autre image se présentait : « Et maman ? » se demandait-elle, « comment supportera-t-elle cet exil à la campagne ?… Bah ! nous la promènerons chez des voisins. Nous organiserons des parties. Charles est si bon ! Il a tant d'idées ! Il trouvera bien le moyen de l'amuser. D'ailleurs, si Pée écrit ce volume, c'est l'Académie… » Ce désir qu'au terme de sa longue carrière, le journaliste pût revêtir l'habit à palmes vertes et prononcer, sous la coupole, le discours de rigueur devant le public habituel de ces solennités parisiennes était le seul sentiment commun, on le devine, à Mme Le Prieux et à sa fille. Celle-ci trouvait, dans cette union de leurs pensées sur ce point, un apaisement secret au remords qu'elle subissait, chaque fois qu'elle était contrainte de reconnaître l'égoïsme de sa mère : « Mon Dieu ! » se disait-elle encore, « on nous l'a répété bien souvent : si M. Le Prieux voulait seulement faire un livre, il serait nommé. Là-bas, Charles et moi, nous le lui ferons faire, ce livre, Et nous aurons aussi la pauvre chère Fanny... » La « pauvre chère Fanny » était une vieille demoiselle, du nom de Perrin, qui avait donné à Reine ses premières leçons de piano, et qui restait attachée à la famille, à titre de demi-dame de compagnie et de promeneuse. Moyennant une faible rétribution, elle venait du fond des Batignolles où elle habitait, tantôt prendre la jeune fille pour l'accompagner dans quelque course, tantôt partager son repas et sa soirée solitaires, lorsque les parents dînaient en ville ou allaient au théâtre. Cette modeste et bonne créature était la seule vraie amie de Reine, malgré les savants efforts de sa mère pour lui imposer les élégantes camaraderies des cours aristocratiques, des catéchismes select et des œuvres bien portées. Reine enveloppait toutes ces intimités distinguées dans son irréductible antipathie pour la vie de luxe et de chic. C'était encore la fuite loin de ces corvées de fausse amitié qui lui rendait si attirante l'idée de l'existence dans le mas lointain de Provence, avec des êtres qu'elle aimerait réellement. Elle y comprenait la peu fortunée Fanny, vieille enfant du faubourg parisien, qu'elle imaginait heureuse, d'un bonheur un peu comique et tout désorienté, dans ce décor de nature méridionale. Reine souriait à cette fantaisie, comme la Perrette de la fable sourit aux espérances de son pot au lait, si complètement magnétisée par ses visions d'avenir qu'elle n'avait pas entendu entrer son père, qui s'arrêta là, une minute, pour la contempler dans son immobilité songeuse, avant de l'aborder... C'est qu'elle était vraiment une adorable apparition de grâce et de jeunesse, dans cet étroit cabinet de travailleur, aux murs garnis de livres, et qu'une fenêtre, donnant sur une cour intérieure, éclairait, par ce froid matin de janvier, d'une lumière jaunâtre, brumeuse, comme appauvrie. Déjà habillée et coiffée, avec les simples bandeaux de ses cheveux châtains, avec les gants qui protégeaient ses mains et le tablier de soie grise à épaulettes qui protégeait sa robe, elle avait l'air de la plus délicieuse fée ménagère qui ait jamais donné aux menus soins de la vie familiale le charme d'une poésie. A la surprendre, si jolie, si fine, et qui venait de vaquer pour lui à des soins si modestes avec tant d'application silencieuse, comment le père n'eût-il pas pensé de nouveau à la conversation de la veille, où s'était joué tout l'avenir de cette créature exquise ? Et comment de nouveau n'eût-il pas éprouvé sa vive impression de froissement, quand Mme Le Prieux avait prononcé le nom d'Edgard Faucherot ? Etait-ce donc le mari qu'il allait donner à son enfant ? Une tentation le saisit de l'interroger, là, tout de suite, et de lui faire dire « non, » pour que ce projet fût rompu dès maintenant. Et puis, il se souvint de sa promesse, renouvelée le matin même au chevet du lit de sa femme, auprès de laquelle il venait de prendre le premier déjeuner, – signe de délibération très grave ! – Il s'y était formellement engagé à ne pas aborder cette question avec Reine. Il tint sa parole, avec un petit accommodement de conscience toutefois, très exceptionnel chez lui, le scrupuleux de loyauté. La jeune fille venait enfin de le voir et s'approchait en lui tendant son front : – « Hé bien ! Petite Moigne, » dit le père, en employant, lui aussi, pour la nommer, un des jolis mots de sa province. – Moineau a fait Moiniau, qui a fait Moigne, et c'est le terme de tendresse dont les paysans nomment les toutes petites filles : « Vous vous étiez envolée dans la lune. A quoi ou à qui pensiez-vous ?... » – « Mais à rien et à personne en particulier, » dit Reine, à qui un peu de rose vint aux joues de sa cachotterie, et tout de suite : « Comment allez-vous, ce matin ? Vous n'avez pas eu à veiller trop tard hier au journal ? Etes-vous content de votre article ?... » – « Pas trop mécontent, sauf qu'il y avait encore une grosse faute d'impression... Cartier se gâte... » – « Ah ! » interrompit vivement Reine, « si je pouvais aller au journal, corriger pour vous vos épreuves... » – « Il ne manquerait plus que cela, » reprit gaiement le père, « mais je perds mon temps à bavarder. J'ai beaucoup de besogne aujourd'hui ; » et, montrant un paquet de journaux qu'il tenait à la main : « Je viens de les parcourir tous, en faisant ma toilette. Il n'y a pas un sujet là-dedans, et c'est mon jour de Clavaroche. » Puis avisant un paquet de lettres sur la table, son courrier du matin : « Heureusement, il y aura bien quelque brave correspondant pour me venir en aide... Et toi, » continua-t-il, « mademoiselle Moigne, la maman t'attend. Elle a quelque chose de grave à te communiquer... Ne dis pas que je te l'ai dit... Mais tâche, en lui répondant, de bien savoir ce que tu veux... Ne me demande rien. Souviens-toi seulement de ce beau mot de Gœthe que je t'ai souvent cité : – Nous sommes libres de notre première action. Nous ne le sommes pas de la seconde… – Nous disons cela plus simplement à Chevagnes : Qui ne se mêle ne se démêle. – Allons, embrasse-moi, ma chère, chère enfant… » Quoique la douce et silencieuse Reine, habituée à vivre beaucoup sur elle-même et à endolorir sa sensibilité par ses réflexions, n'eût pas cette légèreté d'âme si naturelle à son âge, allègre et facile à l'espérance, comment n'eût-elle pas embrassé son père avec une infinie gratitude, et interprété en une promesse heureuse cette allusion transparente à une demande en mariage ? Sans nul doute la lettre de la mère de Charles était arrivée. Ses parents en avaient délibéré. On allait la laisser maîtresse de la réponse. Elle entendit de nouveau, en imagination et pour une seconde, le bruit du vent dans les pins et la stridente rumeur des cigales. Elle revit le petit mas dans son atmosphère de paix tant désirée, et elle se jeta sur le cœur de son père en lui disant : – « Que vous êtes bon et que je vous aime !… » – « Serait-ce vrai, comme le pense sa mère, qu'elle est toute disposée à ce mariage Faucherot ?… » se demandait Hector, en s'asseyant à sa table et commençant de compter les feuilles destinées à son Clavaroche. « Elle a bien compris qu'il s'agissait d'un mariage, et elle est trop fine pour ne pas avoir deviné lequel, – à moins que… » Et le digne homme appuya sa tête sur ses mains, dans l'attitude d'une méditation profonde. Pour la première fois depuis des années, il demeurait, devant son papier préparé, sans songer à sa besogne. Pourtant il n'osait pas le traduire, cet « à moins que… » dans sa vérité, ni se formuler à lui-même l'idée, énoncée à sa femme la veille et rejetée par celle-ci avec une si méprisante ironie. L'empire des caractères forts sur les caractères faibles s'exerce dans le domaine de la pensée, avant de s'exercer dans le domaine de la volonté. L'énergie avec laquelle Mathilde s'était récriée contre l'hypothèse d'un sentiment de Reine pour Charles Huguenin suggestionnait encore Le Prieux, et, doutant de sa propre intuition, il poussa un soupir, ouvrit son encrier, et se mit en devoir d'écrire en se disant : – « Il n'y a qu'une mère pour connaître sa fille. Attendons qu'elles aient causé… » Tandis que le papier grinçait sous sa plume enfin lancée, les deux femmes causaient en effet, à quelques pas de lui, dans la chambre à coucher de

Mme Le Prieux, séparée de l'étroit cabinet de travail par le cabinet de sommeil, plus étroit encore, du manœuvre littéraire. Certes, cette plume infatigable lui fût tombée des mains de stupeur si, les minces cloisons s'abattant soudain, il avait surpris, dans sa vérité cruelle, la conversation de la mère et de la fille. Celle-ci, pour la première fois depuis bien longtemps, depuis l'époque où sa pitié pour la servitude de son père avait commencé de s'éveiller, était entrée dans la chambre de Mme Le Prieux, confiante, l'âme ouverte, sa tendresse d'enfant reconnaissante au bord de ses yeux, prête à s'épancher en larmes de joie, l'aveu de son naïf amour au bord de ses lèvres… Et, tout de suite, ce premier élan avait été, non pas brisé, mais comme arrêté, rien qu'à rencontrer le regard du despote domestique dont son avenir de cœur dépendait. Au moment de la survenue de la jeune fille, Mme Le Prieux se trouvait dans son lit, s'étant recouchée comme elle faisait chaque jour, pour ne se lever que tard dans la matinée, après son bain, qu'elle prenait dans des conditions de température et de durée fixées par son médecin. L'esprit de réalisme particulier aux Méridionaux, gens si positifs pour tout ce qu'ils veulent et comprennent, lui faisait observer avec une extrême rigueur les moindres précautions du régime qui devait lui conserver sa santé, et, avec sa santé, sa beauté. Vingt détails, dans cette chambre, attestaient d'ailleurs que le culte de Mme Le Prieux pour cette beauté ne se relâchait jamais, fût-ce en dehors de la représentation, ou mieux qu'elle était toujours en représentation, même quand son public se composait seulement de son mari, de sa fille et de sa camériste. Elle avait ainsi, pour l'heure qu'elle passait à se reposer au sortir du bain, un jeu complet de délicieuses vestes du matin, en foulard, en surah, en crêpe de Chine, en batiste, suivant la saison. Ce matin, elle en portait une en bengaline couleur vieux rose. Une écharpe de dentelle coiffait ses cheveux, qu'elle gardait la nuit en nattes, tressés très légèrement, pour les ménager, et des frisons artificiels encadraient son front. Elle employait ces boucles postiches, qu'elle quittait lors de sa toilette du soir, afin d'épargner à ses vraies boucles une double ondulation. La tonalité générale de sa chambre, avec ses murs tendus d'une étoffe de soie jaune aux raies alternativement mates et brillantes, avec le sombre acajou de ses meubles de style Empire, avec son tapis d'un vert tendre, avait été savamment combinée jadis pour s'harmoniser à son teint de brune à la peau mate. Elle avait, devant elle, posée sur un édredon de soie jaune, assorti à la nuance des murs, une large table mobile, aux pieds courts, qui lui servait à placer le buvard destiné à sa correspondance, à coté de la boîte contenant les menus objets d'écaille pour se faire les mains. Elle était occupée, quand Reine s'avança pour lui dire bonjour, à brosser avec le polissoir ses ongles, lustrés comme de l'émail et taillés à côtes. Une cordiale et légère odeur d'ambre et de verveine avait été déjà vaporisée dans cette pièce, presque froide malgré la flamme souple qui brûlait dans la cheminée : les fenêtres sur lesquelles se dessinaient les fantastiques ramages du givre ayant été hygiéniquement ouvertes pendant une grande demi-heure. Ainsi surprise, dans cette besogne et avec cette toilette, dans ce décor et parmi ces parfums, la « belle Mme Le Prieux » eût donné une impression d'inguérissable enfantillage si son masque, blanc de poudre, n'eût été rendu tragique par les traces de l'âge, empreintes malgré tout sur les paupières, autour des tempes, dans les lignes de la bouche et dans les plis du cou. Il n'était pas jusqu'au contraste cherché entre les chaudes couleurs de la chambre et cette pâleur qui ne fît ressortir la dureté singulière de ses traits, demeurés beaux, mais d'une beauté presque sinistre qu'augmentait encore l'éclat si noir des prunelles. Elle les fixa aussitôt sur celles de Reine, tandis que la bouche, d'un pli si impérieux au repos, s'ouvrait pour dire, les premières questions sur leur sommeil et leur santé à toutes deux une fois échangées : – « Ma chère fille, j'ai besoin que tu m'accordes toute ton attention. Je dois avoir avec toi un entretien de la plus extrême importance... » – « Je vous écoute, maman, je suis prête, » répondit Reine. Quoique sa chaude espérance de tout à l'heure se fût déjà changée, au simple son de cette voix, en une crainte que sa mère ne fît de grosses objections à son mariage avec leur cousin, elle ne doutait pas qu'il ne s'agît de ce mariage, et la pensée qu'elle allait avoir à lutter pour son amour mit un petit éclat de fierté sur son joli visage, tandis qu'elle ajoutait : « Mon père m'a déjà prévenue... » – « Ah ! ton père m'a devancée ? » fit Mme Le Prieux. « Il m'avait pourtant bien promis de me laisser te parler la première... » – « Il m'a dit seulement que vous m'attendiez, » interrompit la jeune fille, avec une rougeur à ses joues à cause de ce demi-mensonge, qui ne trompa aussi qu'à demi la mère. Elle eut de nouveau, pour sonder jusqu'au fond du cœur de son enfant, ce même regard aigu dont elle avait interrogé son mari dans le coupé, quand elle lui avait demandé : « Tu sais ce que pense Reine ?... » Elle tenait là, cachée dans son buvard, la lettre de Mme Huguenin, reçue la veille, et qui lui demandait, – ou presque, – la main de Reine pour Charles. Cette lettre, Mme Le Prieux considérait comme un devoir de ne pas en parler du tout à sa fille, et elle voulait n'en parler à son mari que plus tard, quand le mariage Faucherot serait déclaré. Elle se justifiait de ce double silence par ce qu'il y avait encore d'imprécis dans la démarche de la mère de Charles. Elle s'en justifiait surtout par la conviction où elle était de travailler au bonheur de Reine. Au demeurant, était-elle coupable de concevoir ce bonheur d'après sa propre nature ? L'était-elle, considérant son mari comme un chimérique et comme un faible, qu'elle avait dû protéger, de ne pas le consulter dans une décision dont les vrais motifs ne pouvaient, ne devaient pas être connus de lui ? Elle allait les dire à sa fille, ces vrais motifs, et cette part de franchise faisait, à ses propres yeux, une compensation au silence qu'elle gardait sur un autre point. – « Mon enfant, » commença-t-elle donc, après avoir constaté que les prunelles brunes de Reine restaient, comme d'habitude, impénétrables sous les siennes : « il faut que je reprenne les choses de loin. Tu comprendras tout à l'heure pourquoi... » Puis, sur un silence : « Lorsque j'ai épousé ton père, tu sais que nous n'étions pas riches, et tu sais aussi pourquoi. Nous l'aurions été, si ton grand-père avait fait comme tant de financiers d'aujourd'hui, qui se retrouvent un peu plus millionnaires après chaque faillite. C'était un grand honnête homme, vois-tu, et, grâce à lui, grâce à ta grand'-mère aussi, nous pouvons regarder n'importe qui bien en face... Nous n'avons pas fait tort d'un centime à qui que ce fût, dans notre désastre... Ton père et moi, nous sommes donc entrés en ménage avec juste de quoi ne pas mourir de faim. Oui, c'est de là que nous sommes partis pour arriver à la position de monde qui est la nôtre aujourd'hui, la nôtre, et par conséquent la tienne. Ah ! Je peux me rendre la justice que je n'ai travaillé qu'à cela depuis des années, et, quant à ton père, il n'a reculé, pour m'aider, devant aucune besogne… Va, ce n'était pas facile. La Société a des préjugés contre les gens de lettres, plus encore contre les journalistes. Et je conviens que ce sont des préjugés souvent mérités. Ton père a été parfait. Il n'a pas écrit un seul article sans se souvenir qu'il était un homme du monde. Je dois ajouter qu'on nous en a su gré. Je te dis cela, afin que tu aies toujours de la reconnaissance pour ce pauvre homme qui a tant travaillé ! » L'inconsciente et orgueilleuse femme accompagna d'un nouveau silence et d'un soupir cet éloge, décerné au manœuvre conjugal qu'elle avait exploité, qu'elle exploitait si implacablement encore. Reine avait éprouvé, en écoutant cet exorde, cette étrange sensation de froid au cœur qu'elle connaissait trop, pour la subir chaque fois qu'elle rencontrait certains sentiments de sa mère. Cet obscur malaise s'augmentait encore de la solennité que semblait mettre Mme Le Prieux à ce discours préparatoire. Où tendait cette évocation des souvenirs de sa propre vie ? Reine ne voulut pourtant pas avoir laissé sans réponse cet appel à sa gratitude filiale, et elle dit : – « Je sais combien mon père travaille et ce que je lui dois, maman. Je vous assure que je ne suis pas ingrate… Hélas ! je trouve même qu'il travaille trop… » Elle n'avait pas mesuré la portée de ces paroles, qui lui étaient échappées si involontairement qu'elle en demeura elle-même déconcertée. Elle le fut davantage encore de voir sa mère en prendre texte, pour passer à une nouvelle et très grave confidence : – « Je constate avec tant de joie que tu me comprends si bien, ma gentille Reine, » avait repris en effet cette mère : « Tu as les mêmes soucis que moi pour ce pauvre homme. C'est vrai. Il travaille trop pour son âge. Il se fatigue… Il travaillerait plus encore, s'il savait ce que tu vas savoir… Mais, auparavant, il faut que tu me jures, tu m'entends bien, que tu me jures que ce secret mourra entre nous… » – « Je vous le promets, maman, » répondit la jeune fille, qui n'ajouta pas un mot. Mais si Mme Le Prieux l'avait de nouveau regardée de son regard scrutateur, elle aurait pu constater qu'elle tremblait. Pourquoi ces autres préambules avant la question qu'elle attendait, et qui lui semblait, à elle, si simple à poser : « Ton cousin Charles veut t'épouser, que faut-il répondre ?... » Et, au lieu de cela, voici les mots qu'elle écoutait : – « Ce secret, ma fille, que ton père ignore, c'est que, malgré ce travail acharné de sa part, malgré des prodiges d'économie de la mienne, nous n'avons pas pu nous faire cette position de monde dont je te parlais tout à l'heure, sans que notre budget de dépenses dépasse depuis dix ans, et chaque année davantage, notre budget de recettes... Tu connais notre intérieur pourtant, tu vois toi-même que nous économisons sur tout – sur la table, quand nous sommes seuls, – sur la toilette. Tu sais comme j'ai toujours soin d'éviter dans la mode ce qui est trop marqué, pour que nous puissions faire durer nos robes. Tu sais combien de fois on les transforme, on les rafraîchit à la maison. Nous n'allons chez les grands faiseurs que juste autant qu'il faut. Nous avons une petite modiste, un petit bijoutier. Nous n'avons pas de chevaux. Quand nous voyageons, ton père prend toujours un permis, et nous nous servons de son titre de journaliste pour obtenir dans les hôtels les arrangements les plus avantageux. Tout cela, je ne m'en plains pas, quoique j'aie été élevée à ne pas connaître ces misères. Ce qui m'est cruel, c'est qu'avec toute cette peine que je me suis donnée, pour lui, pour qu'il ait la situation sociale qu'il a, malgré sa profession, pour toi, pour que tu aies, comme jeune fille, les relations que tu dois avoir, je n'ai pas réussi à éviter ce que ma chère mère m'avait appris à avoir le plus en horreur. Un mot te dira tout, mon enfant : nous avons des dettes... » – « Des dettes ? » répéta Reine, que la phrase relative aux dépenses faites pour elle, avait atteinte en plein cœur. C'était vrai pourtant que rien n'avait jamais été ménagé ni pour son éducation, ni pour ses plaisirs, ni pour sa parure. Elle ne pensa plus à se demander la raison des confidences que lui faisait sa mère. Elle sentit seulement combien celle-ci lui avait été dévouée, à sa façon sans doute, mais c'avait été un dévouement tout de même, et la voix de la délicate enfant se fit basse pour répondre : « Des dettes ? Vous avez fait des dettes et pour moi ? Des dettes ? Ah ! maman, que vous avez raison de ne pas vouloir que mon père le sache. Mais comment allons-nous les payer sans qu'il travaille davantage ?... Mon Dieu !... » ajouta-t-elle timidement, « maintenant que notre position est faite, comme vous dites, est-ce qu'il n'y aurait pas moyen de nous restreindre ?... »

– « Et sur quoi ? » interrompit la mère, « et pourquoi ?… Pour perdre de nouveau ce que nous avons si péniblement conquis. Non, mon enfant, tu ne connais pas la vie. A Paris, réduire son train, c'est un suicide social. J'ai fait une fois déjà, quand j'avais ton âge, l'expérience de la terrible facilité avec laquelle le monde oublie les déchus… D'ailleurs, ne t'exagère pas les choses. Il ne s'agit que de retards. Nous sommes en arrière, avec nos fournisseurs, pour une quarantaine de mille francs, pas davantage, et cette misère serait vite payée, même avec du repos pour ton père, si… »

– « Si ? » interrogea la jeune fille, avec plus d'anxiété encore. Quoiqu'elle ne se permît pas de juger sa mère, elle ne pouvait s'empêcher de la connaître, et elle se rendait compte, rien qu'à l'accent dont avait été prononcé ce « si » que c'était là le point essentiel de cet entretien. – Oui, elle l'avait compris à l'accent, altéré d'une manière presque imperceptible, mais altéré cependant, avec le changement d'ordre d'idées, – au regard aussi, qui, dans l'inquiétude de rencontrer une résistance, s'adoucissait, se faisait presque suppliant. Évidemment les confidences de tout à l'heure n'étaient qu'un préliminaire, mais de quoi ? Entre la vie modeste dans le petit mas provençal, si elle devenait Mme Huguenin, et le règlement des quarante mille francs de dettes, cette somme énorme à ses yeux. Reine ne pouvait pas établir de rapport. Son cœur battait de ce qu'elle appréhenda tout à coup, tandis qu'elle écoutait Mme Le Prieux commenter ce terrible « si ». – « Mon Dieu ! C'est bien simple. – Mais si, jolie et bien élevée comme tu l'es, il se rencontrait un brave garçon qui eût de la fortune, une grosse fortune, et qui, par conséquent, n'eût pas besoin de chercher une dot… Si tu étais mariée de la sorte, bien mariée, quel soulagement d'esprit ce serait pour ton père ! Et moi, j'aurais la récompense des sacrifices de toute ma vie. Qu'est-ce que j'ai voulu, je te le répète ? Une seule chose, c'est que ton père et toi vous eussiez une vraie position de monde. Tu l'aurais et pour toujours. Le reste deviendrait facile… Nous pourrions alors faire des économies, payer nos dettes, et, ton père se reposer… Mais oui. Quand une fille est unie à ses parents, comme tu nous l'es, il y a bien des petites combinaisons commodes. Nous aurions les mêmes relations.

Que tu reçoives chaque semaine, par exemple, moi, je puis espacer mes soirées et mes dîners. Les politesses que tu ferais compteraient pour nous deux… Tu aurais une terre en province, en Touraine, je suppose, pas trop loin de Paris. Tout naturellement, nous y passerions deux mois par an. Ton père pourrait aller et venir, tenir la main à son travail et jouir d'un peu de bon air, et nos frais de maison seraient soulagés d'autant… C'est un rêve, n'est-ce pas ? Pourtant, il y a des rêves qui se réalisent… Il suffirait que ma charmante Reine eût rencontré au bal, à dîner, un peu partout, même chez elle, un jeune homme qui appréciât le trésor qu'elle est, un jeune homme qui comprît aussi ce que nous sommes et à qui nous apporterions ce qui lui manque : une vraie surface sociale, et qui t'apporterait ce que nous ne pouvons te donner, ton père et moi, à notre désespoir… » – « Et ce jeune homme, vous le connaissez ? » interrogea Reine : « Dites-moi son nom, maman, je vous prie… C'est ?… – « Ce jeune homme existe en effet, » répondit la mère, « et c'est Edgard Faucherot. » – « Edgard Faucherot ! » s'écria Reine : « Ah ! c'est pour me parler d'Edgar Faucherot que… » Elle n'acheva pas. L'image de son père venait de se présenter à sa pensée, et aussi le souvenir des paroles qu'il lui avait dites, en la quittant, une demi-heure auparavant, et leur commune émotion. Elle demanda : « Et mon père sait qu'Edgard Faucherot voudrait m'épouser ?… » – « Naturellement, » fit la mère. – « Et il approuve ce mariage ? » reprit Reine. – « Comment veux-tu qu'il ne l'approuve pas ? » répondit Mme Le Prieux, qui ajouta : « Et pourtant le cher homme ne sait pas la vérité sur nos affaires d'argent… » Une telle pâleur avait envahi les joues de la jeune fille, l'étouffement de sa voix trahissait une telle secousse intérieure, que l'implacable femme en fut pourtant saisie. Ce n'était pas un monstre, que la « belle Mme Le Prieux », quoique son exploitation prolongée du travail de son mari, au profit de sa vaine passion de luxe, fût toute voisine d'être féroce, et bien près aussi d'être féroce son présent procédé pour forcer sa fille à un mariage cruellement utilitaire. C'était simplement une conscience viciée par les germes de corruption qui se respirent dans l'atmosphère du monde – corruption à laquelle la morale courante, uniquement occupée des fautes de galanterie, prend à peine garde. Mme Le Prieux se croyait une honnête femme, et elle l'était, au sens où l'on prend d'ordinaire ce mot. En revanche, le monde avait complètement aboli chez elle, par l'abus quotidien des compromis, cette noble vertu de la véracité intransigeante, qui ne lui eût pas permis de cacher à son mari et à sa fille la démarche de Mme Huguenin. Mais lorsqu'on a passé des années à bien accueillir qui l'on méprise, à complimenter qui l'on hait, comment et pourquoi hésiterait-on à pratiquer, pour un motif que l'on juge bienfaisant à ses proches, la vieille et commode maxime que le but justifie les moyens ? Lorsqu'on a, pendant ces mêmes, années, rencontré sans cesse, derrière les moindres actes de la vie, l'argent et encore l'argent, que l'on a vu autour de soi ce tout-puissant argent uniquement et constamment respecté, comment et pourquoi ne ferait-on pas de la fortune la condition suprême du bonheur ? Le monde enseigne encore aux sensibilités vulgaires, – et, ne vous y trompez pas, toute vanité suppose dans le caractère un coin grossier et brutal, – cette vérité triste que le besoin l'emporte toujours à la fin sur le sentiment, et, qu'en particulier pour un mariage, la plus sûre chance d'harmonie réside dans l'association, non pas des cœurs, mais des intérêts. Aussi faut-il tenir compte à cette mère, qui se préparait à si sereinement sacrifier sa fille, du scrupule qui lui fit demander à cette enfant : – « Mais qu'as-tu, Reine ? Tu es tout émue, toute pâle ?... » – « Ce n'est rien, maman, » fit la jeune fille, « J'étais si peu préparée à ce que vous venez de me dire... J'ai été surprise, voilà tout... » – « Réponds-moi bien franchement, » reprit la mère. « Tu n'aimes personne ? Si tu aimais quelqu'un, je suis ta mère, il faudrait me le dire... S'il y avait un autre mariage qui te convînt mieux ?... » – « Mais, non, maman, » interrompit Reine, dont la voix se raffermit pour dire : « Il n'y a pas d'autre mariage qui me convienne mieux... Seulement, » ajouta-t-elle avec un demi-sourire où palpitait, malgré elle, la révolte de sa jeunesse, demandant, implorant un peu de répit avant le sacrifice, ce répit de la fille de Jephté retirée sur la montagne pour y pleurer son adieu à la vie, à l'espérance, à l'amour. « Seulement, je voudrais avoir quelques jours pour m'habituer à cette perspective d'un si grand changement, à l'idée de vous quitter surtout... Nous sommes mardi. Voulez-vous me donner jusqu'au samedi pour répondre sur la démarche de M. Faucherot ? Je crois bien que ce sera : oui, » eut-elle la force de dire encore. « Mais » elle eut à son tour un accent de solennité : « je veux répondre ce oui, après être descendue jusqu'au fond de moi-même… » – « Hé bien ! Nous attendrons jusqu'à samedi, » reprit la mère. Elle eût certes préféré une acceptation immédiate qui lui eût permis de mettre Crucé en campagne aussitôt. Ce même demi-remords, qui venait de la pousser à interroger sa fille, l'empêcha encore de refuser à sa victime cet atermoiement de quelques jours. En répondant, comme elle fit, avec cette condescendance, ne se donnait-elle pas à elle-même l'illusion de respecter la libre volonté de son enfant ? C'est, du moins, ce qu'elle dit à Le Prieux quand, une fois Reine sortie de la chambre, il y entra, témoignant ainsi de la préoccupation dont il était possédé, et comme il avait, malgré son travail, épié la fin de cette entrevue : – « Hé bien ? » demanda-t-il anxieusement. – « Hé bien ! Elle a été très troublée, très touchée aussi, » repartit la mère ; « très troublée à l'idée de nous quitter. C'est trop naturel. Très touchée aussi du sentiment que révèle la démarche d'Edgard… » Elle appelait déjà le jeune Faucherot par son prénom, tant elle le considérait comme son gendre : « Je n'ai pas voulu la presser. Je lui ai accordé jusqu'à samedi pour nous donner une réponse définitive. Mais ce sera oui, elle me l'a dit elle-même… Ah ! mon ami, si tu savais comme je suis heureuse !… »

V

LE JOUR DE MADAME LE PRIEUX

Tandis que cette mère, qui se croyait dévouée, annonçait en ces termes à son mari le résultat de son entrevue avec leur fille, que faisait celle-ci, cette autre victime, mais plus lucide, hélas ! des ambitions mondaines de la terrible femme ? Dès le premier moment, on l'a vu, la double révélation qu'elle venait de subir en plein rêve de bonheur, avait comme terrassé Reine : elle avait frémi de pitié en apprenant la triste situation financière à laquelle étaient acculés ses parents, – et de déception, une déception bien voisine du désespoir, quand sa mère lui avait dit que son père désirait ce mariage avec les millions du fils Faucherot. Elle avait frémi, et dans ce frémissement elle avait aussitôt plié. En disant, comme elle avait fait : « Je crois que ce sera oui… » elle avait seulement pensé et senti tout haut. Cette soudaineté dans le renoncement à ce qu'elle considérait comme son propre bonheur ne paraîtra singulière qu'à ceux qui ne se rappellent plus leu r jeunesse, et combien, l'âme est, à cet âge, prompte aux élans magnanimes. En tout état de cause, Reine eût eu bien du mal à repousser un appel comme celui que sa mère avait eu l'habileté de lui adresser. Cette résistance devenait impossible dès l'instant que son père aussi lui demandait ce sacrifice, et comme on a vu, c'avait été le machiavélisme suprême de Mme Le Prieux de lui faire entendre cela. Pourtant, on l'a vu encore, la douce Iphigénie de cette tragédie bourgeoise avait, sans se refuser au couteau, demandé un sursis. Pourquoi ? C'est qu'en acceptant l'idée de s'immoler aux volontés de son père et de sa mère, elle n'avait pu s'empêcher de se souvenir qu'elle immolerait du même coup quelqu'un d'autre, et elle ne voulait pas, elle ne pouvait pas accepter d'accomplir cette immolation sans avoir jeté vers ce quelqu'un, sous une autre forme, le cri de la vraie Iphigénie : Le ciel n'a point aux jours de cette infortunée Attaché le bonheur de votre destinée. Notre amour nous trompait… Cela ne s'était pas formulé dans sa pensée avec la netteté d'un projet. Non. Elle avait seulement, pendant que sa mère lui parlait, senti toute une place de son cœur, – celle où grandissait, où fleurissait le songe de la vie avec Charles, – se remuer et saigner. Elle ne réalisa la complète vérité du martyre auquel l'amour filial allait la condamner, qu'une fois retirée seule dans sa chambre, en attendant, – par une cruelle ironie du hasard, ce mardi était le « jour » de Mme Le Prieux, – qu'elle s'habillât pour aider sa mère à recevoir les comparses de cette comédie mondaine, où elle allait jouer, elle, un rôle de larmes et de sang ! Cette petite chambre, la jeune fille s'y assit, après en avoir fermé la porte à double tour, et elle commença, en effet, de pleurer, en la regardant, de lourdes, de longues larmes qui lui coulaient sur les joues, sans une parole, sans une plainte. Elle disait adieu ainsi à la Reine, peu heureuse, mais encore soutenue par l'espérance, qui, depuis des années, vivait ses meilleures heures, celles qu'elle pouvait conquérir sur le monde, entre les quatre murs de cette étroite cellule, où elle retrouvait le symbole de la contradiction sur laquelle posait toute sa vie. C'était une chambre décorée par une personne et habitée par une autre. Mme Le Prieux, dès la première enfance de sa fille, avait voulu la dresser au luxe comme d'autres mères dressent la leur à l'économie. Cette apparente aberration avait une logique : bien résolue, dès lors, à se choisir un gendre riche, elle avait comme préparé Reine aux cent mille francs de rente qu'elle lui voyait par avance, et cette chambre à coucher de jeune fille racontait cet étrange roman maternel, par les tentures de ses murs en mousseline rose, plissées sur un fond de soie pâle à raies bleues, par ses rideaux d'une petite soie pareille, par ses meubles laqués de blanc et habillés de la même soie, par les colifichets d'argent ciselé qui miroitaient sur la table de toilette. Mais ce n'était pas la mère, c'était Reine qui avait choisi les photographies partout éparses et qui disaient, elles, non plus la passion du luxe, mais la piété familiale, mais le goût des amitiés humbles. Ces portraits n'étaient pas ceux des amies élégantes et riches que lui imposait sa mère, c'était ceux de ses grands-parents de Chevagnes, qu'elle n'avait jamais connus ; celui de son père à ses débuts ; celui de cette mère elle-même avant l'époque des triomphes mondains, et dans une robe encore toute simple ; c'étaient, sur une seule carte, les photographies des cousins Huguenin, le père et la mère de Charles, à la porte de leur mas, – et Charles lui-même apparaissant dans un coin de groupe. Il y avait aussi, dans ce musée des affections de Reine, un portrait de la peu aristocratique Fanny Perrin, – et, en revanche, pas un objet de cotillon, pas un de ces rappels de fête, coutumiers à son âge. Dans l'angle de la fenêtre, un vieux petit bureau auvergnat en noyer ancien, que Mme Le Prieux avait conservé à titre de bibelot, avec la chaise afférente, avait jadis appartenu à l'écrivain enfant. Sur les deux rangées qui dominaient sa tablette se voyaient les quelques livres préférés par Reine : les trois volumes de son père, naturellement, et, à côté, présents de ce père qui s'était complu à cultiver chez sa fille des coins d'une sensibilité analogue à la sienne : les tragédies de Racine parmi les classiques, et, parmi les modernes, la Marie de Brizeux, les Stances et Poèmes et les Epreuves de Sully-Prudhomme, les Dernières Paroles d'Antony Deschamps. 'Quelques ouvrages de piété complétaient le rayon d'en haut, et au-dessous se voyaient de mystérieux volumes, un peu hauts, avec des dates imprimées simplement sur leur dos. Ils contenaient, découpés et collés sur des feuilles reliées ensuite année par année, ceux des articles du journaliste que la naïve idolâtrie de Reine lui avait fait admirer particulièrement !... Parmi toutes ces pauvres choses : vieilles photographies passées, vieux meubles provinciaux, livres aimés, chez elle enfin, combien l'enfant sacrifiée se retrouvait vraiment misérable et abandonnée ! Dans quel inexprimable abîme de détresse elle avait tout d'un coup roulé, avec cette instantanéité dans la soumission qui venait du point où sa mère avait su la toucher ? Seule avec elle-même, comme elle se sentit de nouveau dominée par un devoir qu'elle était incapable de seulement discuter ? Quand le principe constant de ses émotions avait été, depuis des années, une pitié chaque jour plus endolorie pour l'esclavage sous lequel étouffait son père, comment eût-elle pu entrevoir une chance de soulager cet esclavage, et la repousser ? Et c'était mieux qu'une chance, c'était une certitude. Tandis que sa mère lui parlait, le chiffre des dettes, qui lui était ainsi révélé, s'était, immédiatement, traduit, dans sa pensée, par la quantité de besogne que le journaliste devrait entreprendre pour les payer. Elle avait si souvent fait de ces traductions mentales, quand sa mère l'emmenait chez sa couturière ou chez la modiste, et débattait devant elle la commande d'une robe ou d'un chapeau, dont il eût été si facile de se passer ! Qu'était cette dépense, qui lui avait toujours été un petit remords, et le travail correspondant, en comparaison des quarante mille francs avoués par Mme Le Prieux, et du nombre effrayant de pages qu'il faudrait noircir pour les gagner ? Reine les supputait de nouveau, ces pages, dans la solitude de sa chambre, et elle en demeurait d'autant plus écrasée qu'elle connaissait bien la probité scrupuleuse de son père. Elle savait que du jour où il apprendrait la vérité, il n'aurait plus de repos, avant d'avoir vu le dernier timbre de quittance posé sur la dernière facture. Et il dépendait d'elle que cet arriéré se liquidât tout naturellement !... Où aurait-elle trouvé la force d'hésiter, fût-ce un moment ?… Aux irréfutables raisonnements que lui avait faits sa mère, et qui lui montraient, dans l'opulence de son futur ménage, un soulagement quasi-quotidien pour ses parents, que répondre ? Rien, sinon que son cœur l'entraînait d'un autre côté ? Toute la question était donc posée entre son bonheur à elle, et leur bonheur à eux, et, quand une âme généreuse de vingt ans aperçoit un pareil dilemme, elle l'a d'avance résolu. Mais, renoncer au bonheur, ce n'est pas perdre le droit de pleurer, de se pleurer, et ce sont ces larmes de suicide qui mouillaient le visage de Reine, dans la virginale cellule où elle avait eu, pour compagnes de sa solitude, tant de naïves, de si douces imaginations d'avenir, et où elle s'était réfugiée, non pas pour discuter avec elle-même, mais pour souffrir… Et elle pleura, pleura silencieusement, – combien de temps, elle n'aurait su le dire, jusqu'à un moment où une idée se présenta devant son esprit, qui la fit se dresser toute droite. Ses petites mains fines essuyèrent ses larmes, elle releva sa tête d'un geste de résolution et elle dit tout haut : – « Si je n'ai pas plus de courage pour moi, comment en donnerai-je à Charles ?… » La vaillante fille allait complètement cesser de penser à elle. Plaindre les autres était l'instinct naturel de cette sensibilité charmante qui, toute jeune, s'était développée par la pitié, en devinant, en partageant les silencieuses et secrètes tristesses de la destinée de son père. Déjà elle ne s'inquiétait plus que de Charles. Elle s'en savait si vraiment aimée ! Elle l'aimait elle-même avec une tendresse qui n'était que dévouement : Comme il souffrirait de la savoir devenue Mme Faucherot et sans avoir pour supporter cette douleur les impérieuses raisons de devoir filial qui la soutiendraient, elle, qui la soutenaient dès cette première heure ! Elle prit la photographie où il était représenté derrière son père et sa mère, dans un angle du cadre. Quoique cette épreuve d'amateur, faite par elle-même lors de son voyage en Provence, ne fût pas très nette et que le jeune homme se perdît dans les ombres du second plan, sa silhouette était bien reconnaissable, ses cheveux, son regard, son sourire, et un certain port de tête un peu sur le côté qui lui était familier. Dans une hallucination, aussitôt évanouie qu'apparue. Reine le vit ainsi, tel qu'il serait, retiré auprès des siens, et se dévorant le cœur de mélancolie, pendant qu'elle serait la femme d'un autre – et de quel autre ! Cette évocation lui fut si dure qu'elle reposa le portrait et qu'elle se mit à marcher dans la prison de cette étroite chambre, tournant et retournant l'unique pensée où allaient s'absorber les forces vives de son être : – « Comment lui annoncer l'affreuse nouvelle, et que lui dire ?... » Oui, que lui dire ? Et cependant, il fallait que ce fût elle-même qui lui parlât. Reine était trop intimement, trop strictement loyale pour ne pas le comprendre : du moment qu'elle acceptait l'idée d'épouser un autre homme, après la conversation qu'ils avaient eue ensemble, elle devait à Charles une explication, et elle la lui devait immédiate. Ne l'avait-elle pas autorisé à faire faire par Mme Huguenin une démarche dont l'idée augmentait à présent sa détresse ? Trop absolument confiante dans sa propre mère pour imaginer que celle-ci eût pu recevoir la lettre de la mère de Charles et la lui cacher, elle tremblait, maintenant, que cette lettre ne fût en route, – après l'avoir tant désiré ! Si seulement Mme Huguenin avait hésité, si la lettre n'était pas partie, s'il était temps encore d'empêcher qu'elle ne fût écrite, et d'épargner cette humiliation aux parents de celui qu'elle aimait ?... Pour cela, il fallait parler, et tout de suite. Reine en revenait toujours là. Parler, mais comment ? Cet entretien où elle verrait son ami souffrir, et souffrir par elle, lui apparaissait tout ensemble comme inévitable et comme impossible. Quel prétexte trouver, pour justifier un retour sur la parole donnée, qu'ellemême, avec la belle rigidité de conscience sentimentale de la vingtième année, eût qualifié de monstrueux, si elle l'avait su d'une amie, – sans en connaître le motif réel, et, ce motif réel, il fallait à tout prix qu'il restât ignoré de tous, et surtout de Charles. Quand une promesse solennelle ne le lui eût pas interdit, toutes ses piétés familiales, toutes ses pudeurs d'âme aussi se révoltaient, à la pensée d'initier celui qu'elle aimait, à ce douloureux secret de sa famille, au martyre caché de son père, aux façons de sentir de sa mère. Elle continuait de ne pas les juger, ces façons de sentir de Mme Le Prieux, même à cette heure, mais elle n'avait aucun doute sur le jugement qu'en porterait Charles... Mon Dieu ! Si elle ne lui confessait pas cela, – et elle eût préféré mourir, – comment lui expliquer sa conduite sans qu'il la jugeât, elle aussi, bien sévèrement ? Que lui dire ?... Qu'elle avait réfléchi et qu'elle ne l'aimait plus ? Après leur entretien du bal, si récent, et où elle s'était si simplement ouverte, il ne la croirait pas. Et puis, quelque chose en elle protestait contre cette calomnie de son propre cœur. Les êtres jeunes n'ont le respect scrupuleux de leurs émotions que parce qu'ils en ont aussi l'orgueil. Et cet orgueil trop légitime, ce besoin de se montrer dans la vérité de ses sentiments profonds, sans en révéler l'inavouable principe, finit, après une longue et douloureuse méditation, par inspirer à la romanesque enfant le plus naïf et le plus audacieux des projets, le moins raisonnable et le plus touchant : oui, elle verrait Charles le plus tôt possible, et elle le verrait seule. Elle s'adresserait, dans cette entrevue, à son estime, à sa foi en elle, à son amour. Elle lui demanderait de la croire, de croire qu'elle ne lui avait pas menti, qu'elle n'avait pas changé, qu'elle ne changerait jamais dans son affection pour lui ; – et elle lui déclarerait en même temps qu'ils devaient renoncer à leur rêve de mariage pour une raison qu'elle ne pouvait pas lui dire insurmontable, sacrée. Elle le supplierait, s'il l'aimait, de ne pas chercher à la savoir. Elle ferait appel à sa foi en elle, et il comprendrait la souffrance de cet appel, et sa sincérité. Elle l'eût bien compris, elle, s'il le lui eût adressé. Leurs mystérieuses fiançailles seraient rompues et ce serait pour tous deux un instant horrible. Du moins elle le quitterait bien sûre qu'il ne la méconnaîtrait pas. Une femme qui aime, fût-elle aussi naïve, aussi étrangère à tout esprit d'intrigue que l'était l'innocente et pure jeune enfant est toujours un peu tentée de s'excuser des moyens qu'elle emploie pour servir cet amour, même s'ils sont aussi tortueux que les mensonges des Agnès et des Rosines de la comédie. Reine n'était ni une Agnès, ni une Rosine. C'était une de ces charmantes filles de la vieille bourgeoisie française, toute finesse, mais toute vérité. Il y avait en elle une horreur innée du mensonge qui la fit, au moment de réaliser son plan, hésiter devant une des nécessités de l'exécution, qui paraîtra puérile aux émancipées du féminisme contemporain. Voici le détail de cette hésitation : causer avec son cousin seule à seul était impossible à la maison. Il n'aurait lui-même jamais demandé à être reçu par Reine en l'absence de Mme Le Prieux, et rien qu'à la pensée qu'il viendrait peut-être à leur « jour », et qu'il faudrait le voir, observée par sa mère, sans lui parler en toute franchise, la jeune fille se sentait défaillir. Le temps passait cependant. Justement, le lendemain matin, elle devait, accompagnée par la fidèle Fanny Perrin, aller à un des cours à la mode que son éducation élégante la contraignait de suivre, rue Royale. Il lui arrivait souvent, lorsqu'il faisait beau, de se promener un peu à la sortie, avec son chaperon, avant de rentrer. Sa première idée fut de donner un rendez-vous à Charles aux Tuileries ou aux Champs-Elysées, pour le lendemain matin. Ils se rencontreraient, comme par hasard, et feraient quelques pas ensemble. Cela aussi était arrivé plusieurs fois. Oui, c'était un moyen très simple et très sûr. Reine alla jusqu'à sa table, et prit une petite dépêche bleue, puis, au moment de tremper sa plume dans l'encre, elle s'arrêta. Une autre pensée venait de se présenter à elle : ce n'étaient ni cette lettre à écrire, ni ce rendez-vous à fixer qui l'effrayaient soudain. A maintes reprises, Mme Le Prieux l'avait chargée de prévenir son cousin par des billets, pour un déplacement d'invitation, pour une place dans leur loge au théâtre, et d'autre part, elle avait le droit de se dire qu'en provoquant ce tête à tête, elle n'obéissait qu'aux motifs les plus élevés. Ce n'était pas non plus d'agir à l'insu de sa mère qui la troublait ainsi. L'espèce d'équité intérieure, avec laquelle les consciences à courageux parti-pris se jugent elles-mêmes, lui faisait établir comme une comparaison entre ce manque de confiance et le sacrifice à quoi elle s'était décidée pour cette mère. Non. L'image qui, à ce premier moment, l'empêchait d'écrire son généreux et imprudent billet, c'était celle de Mlle Perrin, de cette bonne créature, qu'elle savait si scrupuleuse, si attachée à son devoir. Elle savait aussi que Fanny avait en elle la foi la plus aveugle, que jamais un doute ne s'élèverait dans son esprit sur le hasard de cette rencontre avec Charles, ni aucune objection, si Reine la laissait un peu derrière elle pour parler à son cousin, sans même lui donner d'explication. D'abuser cette humble et discrète amie fut intolérable à la jeune fille… Et puis… Et puis, l'amour fut le plus fort, et, pour la première et dernière fois de sa vie, la délicate Reine s'abandonna au plus véniel, d'ailleurs, au plus excusable des compromis de conscience. Elle se dit qu'elle déclarerait à Fanny Perrin, en lui proposant d'aller aux Tuileries, le rendez-vous donné à Charles. Si la vieille demoiselle n'y consentait pas, Reine y renoncerait. Elle serait toujours à temps d'inventer autre chose. Si elle avait voulu être tout à fait sincère avec elle-même, elle se serait avoué qu'elle ne courait pas beaucoup de chances d'être exposée à ce nouvel effort d'imagination. Elle était trop certaine que Fanny, qui l'adorait, ne trouverait jamais la force de lui dire non. Pourtant cette réserve lui rendit possible de reprendre sa plume et d'écrire enfin ce billet : « M0n cousin, « Je vous prie de vous trouver demain matin, mercredi, entre dix heures et demie et onze heures, sur la terrasse des Tuileries qui donne du côté de la Seine, auprès de l'Orangerie. Si vous ne m'avez pas vue arriver à onze heures, c'est qu'un obstacle absolu m'aura seul empêchée d'être là. Vous comprendrez, quand je vous aurai parlé, quel puissant motif a inspiré cette démarche à votre dévouée cousine. Reine LE P RI EUX. » Quand elle eut mis l'adresse à cette carte-télégramme : M. Charles Huguenin, 54, rue d'Assas, elle voulut relire ces lignes si froides, quoique tracées d'une main si brûlante, et elle ajouta ce post-scriptum, qu'elle souligna : « Je vous demande aussi de ne pas venir aujourd'hui rue du Général-Foy... » Ensuite, ayant fermé la petite feuille bleue, elle alla elle-même la remettre au domestique qui disposait le couvert pour le déjeuner, en lui donnant l'ordre de porter cette dépêche aussitôt. Elle était bien un peu pâle, en accomplissant cette action, pour elle si exorbitante, si en dehors de ce qu'elle avait jamais ou fait ou pensé à faire. Mais comme elle l'accomplissait ouvertement, franchement, sans se cacher, au risque d'être surprise par son père ou par sa mère, elle se disait qu'elle courait un danger pour l'honneur de son sentiment. C'en était assez pour qu'elle n'eût ni honte, ni peur. Il fallait attendre maintenant, et le calme que le fait d'agir avait rendu à Reine allait s'user minute à minute, seconde à seconde, durant ces vingt-quatre heures qui la séparaient de cette conversation avec son cousin. Elle dut d'abord, à la table du déjeuner, subir les regards de sa mère et de son père – celle-ci triomphante et reconnaissante, celui-ci (et cette attitude ne pouvait qu'accroître le malaise de la jeune fille), comme attendri, étonné et interrogateur...Heureusement, il s'en alla presque aussitôt, appelé au dehors par le devoir d'une répétition générale. – « La quatrième de la semaine... » gémit-il, en prenant congé de sa femme et de sa fille. Mme Le Prieux disparut, elle aussi, de son côté, pour se préparer à son « Jour », à ce « Mardi » auquel avaient été subordonnées et son existence et celle de son mari, et celle de Reine ! Cette corvée hebdomadaire n'avait jamais été agréable à la jeune fille. Elle l'acceptait d'habitude avec la bonne humeur de son âge. Elle avait même du remords, étant pieuse, à trouver parfois pénible cette croix si légère. Cette après-midi, le défilé des visites devait lui être et lui fut physiquement presque intolérable : « Charles a-t-il reçu la dépêche ? Oui, s'il est chez lui… Mon Dieu ! Pourvu qu'il ne vienne pas aujourd'hui !… S'il l'a reçue, que pense-t-il de moi ? Pourvu qu'il ne me juge pas mal !… Il doit deviner qu'il s'agit de quelque chose de grave ? Pourvu qu'il ne se tourmente pas trop !… J'aurais dû lui expliquer. Je ne pouvais pas en écrivant… Je ne sais pas si je pourrai même en parlant… » Telles étaient les phrases qui se prononçaient en elle, tandis qu'elle exécutait avec son soin habituel les menues besognes qui lui étaient réparties, avant les trois heures réglementaires où les deux salons commençaient de se remplir. Elle regardait aux fleurs des vases et aux plantes vertes, aux bibelots dans les vitrines et au feu de la cheminée. Elle surveillait la salle à manger où l'on disposait tout pour le goûter. Mme Le Prieux avait imaginé, pour agrandir son appartement de réception, de faire coulisser les portes de cette dernière pièce, qui, ouverte, prolongeait ainsi le grand salon. Ces soins, par trop matériels, n'étaient pas pour faire taire la petite voix intérieure qui rappelait à la jeune fille la toute voisine approche du redoutable entretien, et pas davantage les propos qu'il lui fallut écouter, quand affluèrent les visiteurs et visiteuses habituels… C'était pourtant un échantillon assez curieux du Paris contemporain que ce « jour » de la femme d'un simple journaliste, et l'aspect des trois pièces, vers cinq heures, prouvait que si Mme Le Prieux n'avait pas l'intelligence des sensibilités, elle avait au suprême degré l'instinct social, ce don particulier et indéfinissable de la relation. Ce succès était dû, comme tous les succès, à une vision juste des causes. Les événements qui avaient suivi la ruine et le suicide de son père avaient révélé à la Méridionale cette première et fondamentale vérité : que le monde ne donne rien pour rien, et elle avait su comprendre ce que la situation de son mari lui permettait de donner, en effet, à ce monde, dont elle avait la folie. – Elle avait aussi discerné cette autre vérité qu'à Paris et de nos jours, il y a, non pas un monde, mais vingt, mais trente mondes, et que les ménages comme le sien, sans appui de famille et sans passé, doivent se résigner à une position un peu excentrique, ne se pousser à fond dans aucune coterie, et se faire leur cercle à eux, en touchant à tous ces mondes, sans essayer d'être absolument d'un seul. – Elle avait reconnu, enfin, cette troisième vérité, qu'il en est des relations comme la monnaie. Avoir un louis, c'est avoir vingt pièces d'un franc ; avoir cent francs, c'est avoir cinq louis. Il y a ainsi des relations maîtresses, si l'on peut dire, qui vous en donnent du coup dix, vingt autres, et des relations secondaires, qui ne vous donnent qu'elles-mêmes... La mise en jeu de ces axiomes pratiques était reconnaissable rien qu'à la composition de ce salon, par ce « Mardi », qui semblait à Reine, cette fois-ci, ne devoir jamais finir. Pourquoi la femme du journaliste avait-elle, assises sur un de ses canapés, la duchesse douairière de Contay et sa fille, la jeune et jolie comtesse de Bec-Crespin, sinon parce qu'elle avait trouvé le moyen, en vertu du premier de ces trois principes, de mettre au service des « œuvres » de la vieille duchesse, cette passionnée de charité, l'influence d'Hector dans les théâtres et dans la presse ? Donnant, donnant... Pourquoi, par ce même « Mardi », avait-elle chez elle, causant avec ces deux représentantes de la plus pure aristocratie, Mme Jacques Molan, la femme du célèbre romancier, et Mme Maxime Fauriel, la femme du non moins célèbre pastelliste ? C'est qu'en vertu du second principe, elle n'avait jamais commis la faute de rompre avec un milieu qu'au fond d'elle-même elle qualifiait de bohémien. Elle s'était efforcée de rendre sa maison amusante, en faisant de cette maison un rendez-vous où les personnes d'une société plus restreinte rencontrassent, sur un terrain neutre, la fleur des artistes et des gens de lettres... Pourquoi, toujours par ce même « Mardi », la comtesse Abel Mosé et sa cousine la baronne Andermatt étaient-elles là, elles qui ont chacune à peu près autant de millions que le laborieux Hector écrit d'articles par an ? C'est que les deux belles Juives savent un gré particulier au journaliste d'avoir, dès le début de la campagne antisémitique, pris cette position de libéralisme modéré qu'il continue de tenir, et de l'avoir prise avec un désintéressement absolu. On devine sur les conseils de qui... Et voyez le flair de l'élève du vieux Crucé : Mesdames de Contay et de Bec-Crespin, c'est plus de dix relations dans la meilleure compagnie ; – comme Mme Molan et Mme Fauriel, c'est un pied gardé dans les deux endroits où défile le jeune Paris littéraire ; – comme la comtesse Mosé et la baronne Andermatt, c'est des invitations assurées dans tout le haut Israël. Quoi d'étonnant qu'une maison où fréquentent ces têtes de ligne ne désemplisse pas, et qu'il y défile, comme par ce Mardi, quarante personnes, hommes et femmes ? Et n'est-il pas bien légitime que la créatrice de ce « salon » regarde, avec orgueil, à la clarté des lampes électriques, les visages frais ou fanés sourire sous les chapeaux ? Elle sait également, et ce qu'il faut dire à chacune de ses visiteuses pour amener ce sourire, – et ce que coûte le chapeau. Elle sait ce que valent toutes les toilettes, – et la manière de prendre chacune de ces trente vanités parées. Il y a une chose pourtant qu'elle ne sait pas, c'est combien Reine est fatiguée de verser des tasses de thé ou de chocolat et d'offrir des gâteaux à ces indifférentes et indifférents, combien elle est excédée de ces discours qu'elle sait par cœur. Qu'elle en a assez, par exemple, d'entendre la duchesse exposer ses plans pour une fête de charité, la cinq centième qu'elle organise ! C'est une énorme femme, à mine de vendeuse aux halles, très rouge et très hautaine, qui a un très grand air avec une figure épaisse et qui parle haut, en coupant ses phrases d'un « pas plus » inexplicable chez elle, sinon parce qu'elle a trop quêté : – « Cette fois, c'est le palais de l'Industrie qu'il nous faudrait et pour deux jours. Pas plus. A vingt francs l'entrée, et cinq francs chaque visite à un des compartiments. Pas plus... Il y aurait vingt de ces compartiments, pas plus, et dans chacun, pendant une demi-heure, durant ces deux jours, tous les hommes célèbres de Paris viendraient travailler sous les yeux du public, comme ils travaillent dans leur chambre ou dans leur atelier. Pas plus... Vous comprenez ? A huit heures par jour, cela nous ferait trente-deux demi-heures pour les deux jours. Nous demanderions aux trente plus célèbres écrivains... Pour les pauvres ils ne refuseraient pas... Oui, nous leur demanderions de s'assoir trente petites minutes à une table,

– pas plus – et d'écrire ce qu'ils voudraient, aux musiciens de jouer ce qu'ils voudraient, aux peintres de dessiner ce qu'ils voudraient. Les trente avocats les plus célèbres parleraient sur ce qu'ils voudraient, une demi-heure, pas plus, ou bien rédigeraient un plaidoyer. Les médecins amèneraient leurs élèves et feraient une conférence, sur ce qu'ils voudraient… Si nous mettions cela en mai, à l'époque des étrangers, nous aurions dix mille entrées. Pas plus. Cela ferait deux cent mille francs pour nos petites poitrinaires, et, à chaque entrée, correspondrait une visite à quatre au moins des compartiments, soit encore deux cent mille francs… Demandez donc à M. Le Prieux ce qu'il pense de mon idée ?… » Oui, comme Reine est fatiguée, de devoir, encore aujourd'hui, prêter une apparence d'attention à un des fantastiques projets où se dépense l'activité de la Grande Dame, tandis que sa mère sourit à des phrases derrière lesquelles la jeune fille, elle, avec sa susceptibilité de sensitive, discerne cette ingénue et blessante conception que les femmes trop haut placées se font si aisément des artistes célèbres. – Elles y voient des bêtes curieuses à montrer. – De même, d'autres phrases intéressent prodigieusement la mère, à en juger par les approbations dont elle les ponctue, qui paraissent presque froissantes à la susceptible Reine. Ce sont celles que les deux cousines, Mme Abel Mosé et Mme Andermatt, échangent, non moins ingénument que la duchesse tout à l'heure, sans se douter, – car elles sont bonnes et généreuses, – de l'ironie que représente dans ce milieu, où l'élégance est un tour de force, la naïveté de leurs allusions à certains chiffres de dépenses : – « Oui, » disait Mme Andermatt, après avoir raconté les détails d'une séparation à l'amiable dans un ménage qui la touche de près : « Salomon », c'était son mari « est arrivé à prouver à Saki », c'était le mari de la femme séparée, « qu'il devait se conduire comme un gentleman. Ils ont beau ne pas s'entendre, il n'a rien de grave à reprocher à Esther. Elle est la mère de ses deux fils… Il se doit à lui-même qu'elle vive décemment… Saki est convenu de tout cela, et savez-vous combien il lui fait ?… » – « Riche comme il est, » souligna Mme Mosé, « car il a au moins cinquante millions… » – « Hé bien ! » continua Mme Andermatt, « soixante mille francs de rente, six mille francs par mois… Ce qu'elle dépensait chez sa lingère… Comment va-t-elle vivre ?... » Oui, comment la jeune baronne Esther Wismar va-t-elle vivre ? C'est ce que se demandent, visiblement apitoyées, avec le plus impayable sérieux, les cinq personnes qui écoutent cette révélation du peu de gentilhommerie de Saki Wismar, le grand banquier. Reine trouverait cette pitié doucement comique, si l'une de ces cinq personnes n'était pas la femme de son père, et si elle ne savait pas ce qu'elle sait sur leur budget... Elle n'a pas le temps de s'abandonner à cette impression pénible, car elle vient d'entendre Mme Molan, près de qui elle s'approche pour lui demander si elle veut une seconde tasse de thé, dire à son intime amie, Mme Fauriel : – « Tiens, Laurence, voilà Snobinette qui arrive, et la duchesse qui s'en va avec la comtesse !... Tableau !... » – « Marie, Marie, tu vas te faire gronder par Reine, » répond Mme Fauriel. « Elle a un faible pour Mme Faucherot... » C'est la mère d'Edgard qui vient, en effet, d'entrer et comme pour justifier aussitôt la petite raillerie de la fine Laurence Fauriel, elle se fraie passage, à travers les groupes dont le bavardage emplit de son bruit les deux pièces, pour parvenir jusqu'à Reine. Elle l'embrasse, et la pauvre fille se sent comme glacée sous ce baiser. Elle a trop de finesse elle-même pour ne pas se rendre compte que Mme Fauriel est très contrariée qu'elle ait entendu la peu spirituelle épigramme de son amie. Pourquoi, sinon que le projet de son mariage avec Edgard est déjà connu et commenté ? Et puis, la mère d'Edgard a dans sa soudaine tendresse pour elle une espèce de prise de possession, et cette idée fait courir dans ses veines le frisson d'une gazelle sous la griffe d'une lionne, – si toutefois une telle comparaison est permise, à propos d'une personne aussi peu léonine que l'ancienne vendeuse de la maison « Hardy-Faucherot, Soie et Velours ». La commerçante six fois millionnaire est une petite femme de quarante-cinq ans, restée très mince, d'aspect encore jeune. Elle possède, si vous la détaillez, toutes sortes de traits qui devraient faire d'elle une femme distinguée : des pieds petits, des mains maigres, une tournure fine, un visage régulier, de grands yeux bruns encadrés de sourcils bien dessinés, des dents blanches et bien rangées. Elle est habillée à la dernière mode, et le renard bleu qu'elle porte ne déparerait pas le cou d'une princesse de sang. Avec cela, – expliquez ce mystère, – il y a, comme répandu sur tout son être, un caractère absolument, irrémédiablement commun. Elle est, si l'on peut dire, l'inverse exact de la duchesse, de tant d'allure avec tout ce qui devrait lui donner un aspect vulgaire : teint, taille et toilette. Durant la seconde qu'a duré leur rencontre sur le pas de la porte, on aurait pu saisir ce contraste de conditions extérieures, rien qu'en comparant la taille épaisse de Mme de Contay et la taille mince de Mme Faucherot, l'admirable fourrure de celle-ci et les vieilles zibelines passées et jaunies de celle-là. Pourtant, même ainsi aperçues, n'importe qui aurait reconnu qui était la duchesse et qui était la bourgeoise. A quel signe ? A l'aisance de la première et à la raideur de la seconde ? à l'espèce de bonhomie imposante, à la certitude gaie de l'une et à l'arrogance trop soulignée de l'autre ? Qui définira jamais cet ensemble de riens qui se résume dans ce mot de race ? Ces riens ne sont sans doute que la transparence de secrets et incontrôlables éléments cachés au fond de notre être le plus intime, qui nous interdisent ou nous commandent certaines façons de penser. Celle que Mme Molan appelle du trop joli surnom de « Snobinette », en donne une preuve de plus en disant à Reine, après cette première effusion : – « Est-ce que ce n'est pas la duchesse de Contay qui sort d'ici ?... Et moi qui veux tant faire sa connaissance. Pourquoi ne m'avez-vous pas prévenue ?... Voilà ma guigne. Je l'ai manquée à cause d'un embarras de voitures. Imaginez-vous. J'ai dit à mon cocher de prendre par les petites rues... Il n'y a rien d'ennuyeux au fond comme une paire de chevaux de dix mille francs. On a toujours peur pour eux... Oh ! vous avez bien raison, ces dames et vous, de n'avoir que de bons petits locatis... On fait de la route, au moins... » Et la mère d'Edgard continue, sans s'apercevoir du pli de moquerie que sa sottise de parvenue met aux lèvres des deux futées Parisiennes à qui elle parle, ni de la mélancolie que cette même sottise met dans les prunelles de celle qu'elle a choisie pour sa future belle-fille, et qui essaie de l'interrompre en lui disant : – « Du thé ou du chocolat ?... Il faut boire quelque chose de chaud par ce temps froid ?... » – « Qu'a pris la duchesse ? » demande madame Faucherot, et, sur la réponse de Reine : Je prendrai du thé, comme elle... Dites-moi, est-ce qu'elle vient souvent vous voir ?... Ah ! si j'avais su !... Et moi qui étais si contente d'avoir acheté ces chevaux à Mme de Candale !... Car, vous savez, ce sont les siens. Elle les avait mis en vente au Tattersall. J'ai voulu les avoir à n'importe quel prix... Et voilà ce qu'ils me font manquer !... »

VI

CHARLES HUGUENIN

C'est un des poètes dont Hector Le Prieux avait fait aimer les vers à sa fille, le sensitif et subtil Sully-Prudhomme qui a écrit cette ligne, d'une signification si forte sous la simplicité des mots : « ... Et les heures arrivent toutes... » formule profonde où tient la double douleur de l'attente : celle de la durée du temps et celle de sa rapidité. Reine avait connu le premier de ces supplices, tandis qu'elle subissait la longueur du « mardi » de sa mère et de la corvée qui suivit. Elle avait dû, avec Mme Le Prieux, dîner en ville et paraître dans deux soirées. Une fois rentrée, et libre enfin de rester seule avec elle-même, el le commença de connaître l'autre souffrance, celle de sentir si courts, si comptés, les instants qui la séparaient du rendez-vous fixé à Charles. Encore douze fois, onze fois, dix fois, neuf fois soixante minutes, il serait onze heures du matin, et elle serait en face de son cousin. Que lui dirait-elle ? Couchée dans son petit lit, toute lumière éteinte, elle écoutait le battement de la pendule remplir la chambre de cette sonorité implacable qui est comme le pas invincible du Temps, et elle s'efforçait de prononcer en pensée les phrases qu'elle prononcerait demain de vive voix dans ce pénible rendez-vous. Plus elle en cherchait les termes, plus elle se trouvait impuissante à y mettre ce qu'elle voulait y mettre : – tout son amour, et c'était un adieu, – toute sa fidélité, et c'était une rupture, – toute sa peine, et son devoir absolu était de cacher son sacrifice ! Elle s'endormit, très tard, après avoir beaucoup prié, d'un sommeil fiévreux d'où elle se réveilla plus calme. La nécessité d'agir, en tendant ses nerfs, lui rendit, comme il arrive, momentanément, un peu de ton. Elle voulait donner son coup d'œil du matin au cabinet de travail de son père, assez tôt et assez vite pour ne pas se rencontrer avec lui. Elle tremblait, s'il lui parlait, de n'être pas maîtresse d'elle-même et de se trahir, avant que l'irréparable ne fût accompli. Elle s'arrangea pour passer, en effet, sa revue quotidienne, si rapidement que Le Prieux ne la trouva pas, quand il vint s'asseoir à son bureau, un peu avant l'heure accoutumée. Oh ! les malentendus des cœurs entre un père et son enfant, alors que tous deux n'ont l'un pour l'autre que respect, que dévouement, qu'adoration ! L'écrivain s'était hâté d'arriver dans son cabinet, avec l'espoir de surprendre sa fille, comme si souvent, et de provoquer entre eux, sans en avoir l'air, une explication sur ce mariage Faucherot, qui continuait de le troubler. L'ascendant souverain que sa femme exerçait sur lui l'avait empêché, la veille, de prendre Reine à part pour l'interroger. Il avait compté que la jeune fille aurait elle-même le désir de ce tête-à-tête, et ce lui fut une vraie déception, lorsqu'il entra dans son atelier de copie et qu'il vit la table si bien rangée, son papier préparé, ses plumes disposées, le feu qui brûlait clair, et la douce fée déjà envolée, qui avait présidé à ce rangement. – « Elle n'a pas voulu que nous causions de ce mariage, » songea-t-il. « Pourquoi ? » Pendant que le père se posait cette question sans y répondre, et sans oser non plus aller dans la chambre de sa fille, par déférence pour ce qu'il croyait être son désir, Reine se disait : – « Il travaille tranquillement. Il est content... S'il savait à quel prix ?... Qu'il ne le sache jamais !... » Certes elle était bien sincère en se parlant de la sorte. Cette idée de l'inconscience paternelle lui était pourtant si pénible qu'elle éprouva une sensation d'extraordinaire soulagement, – sa première sensation douce depuis le funeste entretien du matin précédent, – à voir apparaître, vers les neuf heures et demie, le visage si laid, mais si dévoué, de Fanny Perrin. La vieille demoiselle était une personne épaisse et courte, avec une tête beaucoup trop grosse. Ses lèvres fortes, son nez écrasé, lui donnaient une physionomie bougonne de dogue que corrigeaient deux yeux bleus d'une fraîcheur, d'une suavité presque délicieuse dans cette face mafflue. Le coloris fané du teint, jauni par l'habitude de la mauvaise nourriture, était rendu plus flétri encore par la nuance décolorée des cheveux, restés blonds, mais d'un blond passé, comme lavé. Avec cela, Fanny qui, depuis des années, ne mettait que les robes déjà portées par quelque protectrice plus riche, avait toujours les toilettes, à la fois voyantes et caricaturales, des parentes pauvres. L'étoffe en était tout ensemble somptueuse et défraîchie, la coupe recherchée et démodée, l'ajustage compliqué et insuffisant. Il en était de même pour les chapeaux et pour les chaussures. Comme elle avait de l'esprit, il lui arrivait de dire : « Je n'aurai vraiment de neuf et de fait pour moi que mon cercueil !... » La misère d'une telle existence réside moins dans les privations que dans les cadeaux. L'insolence avec laquelle on oblige la plupart du temps ces demi-parasites les contraint si souvent d'être ingrats qu'ils éprouvent une reconnaissance infinie pour le bienfaiteur délicat auquel ils peuvent dire un véritable « merci », non pas seulement des lèvres, mais du cœur. C'était le secret de l'affection exaltée que la pauvre Mlle Perrin avait vouée à Reine. Quoiqu'elle ne lui fût de rien par le sang, cette affection lui donnait, pour les choses qui intéressaient la jeune fille, ce pouvoir de double vue, privilège des mères très tendres. Elle en fournit une nouvelle et touchante preuve, ce matin-là. Elle n'eut pas plutôt constaté la pâleur de sa petite amie et ses yeux lassés, qu'au lieu de la questionner sur sa santé, elle lui demanda : – « Qu'avez-vous, Reine ? Il se passe quelque chose de grave, de très grave. Ne me dites pas le contraire. Je le sais. Je le sens... » –« C'est vrai, » répondit la jeune fille, émue aux larmes par cette divination de sa promeneuse, et elle ajouta : « Ne m'interrogez pas. Ce que je peux vous raconter, je vous le raconterai, d'autant plus que j'attends de vous un service, un grand service. Mais je veux que vous compreniez bien que je ne serai pas froissée, si vous croyez ne pas devoir me le rendre... » – « Je suis tranquille, » fit Mlle Perrin, « qu'est-ce que ma gentille Reine peut me demander qui ne soit pas bien ? » – Puis, la jeune fille se taisant, elle continua, d'un accent timidement inquisiteur, comme quelqu'un qui va au devant d'une confidence douloureuse et qui voudrait se faire pardonner ses propres intuitions : « Cette chose grave. Reine, avouez-le, c'est qu'on veut vous marier. » – « C'est qu'on veut me marier, » répondit Reine, presque à voix basse. – « Et avec quelqu'un que vous n'aimez pas ? » osa dire Fanny. – « Et avec quelqu'un que je n'aime pas, » répéta Reine. Ce fut au tour de Fanny de se taire. Elle avait depuis longtemps deviné le sentiment de Reine pour son cousin, sans jamais y faire allusion, et elle n'aurait pas osé en parler la première. De son côté, Reine se repentait déjà d'en avoir trop dit. Elle prit la main de son humble compagne, et suppliante : – « Je viens de mal m'exprimer, Fanny. Ne croyez pas que personne veuille me forcer à ce mariage. On m'en a parlé, et c'est moi qui trouve plus raisonnable de ne pas m'y refuser… Cela, d'ailleurs, n'a rien à voir avec la demande que j'ai à vous faire… J'ai besoin, » et elle mit dans ce mot qu'elle souligna en le répétant, toute la douloureuse énergie d'un appel suprême : « J'ai besoin de parler à quelqu'un pendant quelques minutes en tête à tête. J'ai écrit à ce quelqu'un de se trouver sur la terrasse des Tuileries, au sortir du cours… Si vous me dites que vous ne voulez pas m'y accompagner, je n'irai pas. Quant au motif qui m'oblige à cette démarche, épargnez-moi toute question là-dessus, je vous en conjure, si vous m'aimez… Soyez sûre seulement que je vous estime trop pour vous associer à quoi que ce soit de mal !… » – « Chère Reine ! » interrompit vivement la vieille fille, « je le sais… » et, sans répondre directement à la demande de la jeune fille : « Allons, il faut nous dépêcher. Nous serions en retard pour le cours… Heureusement, il fait si beau à marcher, ce matin… » Il y avait, dans cette dernière petite phrase, accompagnée d'un regard ému, toute la finesse féminine dont est capable une vieille demoiselle de cinquante-cinq ans, qui ne veut pas avoir dit un « oui » formel devant une requête trop évidemment liée à une histoire d'amour, et qui pourtant dit « oui », et qui se sent bien bouleversée de cette complicité !… En fait, lorsque, deux heures plus tard, les deux amies se retrouvèrent, le cours fini, sur le trottoir de la rue Royale, et qu'elles se dirigèrent, sans autre explication entre elles, comme d'un tacite accord, vers la place de la Concorde et la grille des Tuileries, celle dont le cœur battait le plus vite n'était pas Reine. A vingt reprises, durant les cinq minutes qu'elles mirent à franchir cette courte distance, le scrupule du « chaperon » faillit être plus fort chez Fanny Perrin que sa quasi-promesse, et puis, de regarder Reine et l'expression tout ensemble fervente et souffrante de ce noble visage arrêtait l'objection dans sa conscience et sur ses lèvres. Les deux femmes arrivèrent ainsi, sans avoir échangé une parole, sur la terrasse de l'Orangerie, où elles reconnurent, et cette fois avec une émotion égale, quoique d'une nature si différente, la silhouette de Charles Huguenin, qui les attendait, et c'était vraiment un cadre idéal pour un adieu, comme celui au-devant duquel venait Reine, que ce coin du peu idéal Paris, par cette matinée glacée et brumeuse d'hiver. Sur la place de la Concorde toute claire, les divinités marines des deux grandes fontaines se dressaient dans un revêtement de glace brillante. L'obélisque, entre elles, semblait rose, et, au loin, l'Arc-de-Triomphe se noyait dans une espèce de vapeur de froid. Un soleil blanc montait dans un ciel sans nuages et pourtant comme tendu d'un voile de gel. Pas une feuille aux arbres. Sur le bassin des Tuileries, au pied de la terrasse, s'étendait une couche de glace, grise et rayée par les patineurs : trois garçonnets, dont on entendait, dans le grand silence du jardin vide, les lames d'acier écorcher le miroir poli, et, au centre du bassin, le jet qui continuait de monter, très bas, entretenait avec un sourd sanglot un morceau d'eau vivante et souple. Entre les fûts grêles ou robustes des marronniers jeunes ou vieux, les statues de pierre semblaient, elles aussi, immobilisées par le froid de ce jour. D'autres flaques d'eau, prises entre les bossuages des allées, luisaient par places, comme des fragments de métal brisé, tombés sur le fond terne du sable, et une immense rumeur, le frémissement de toute la ville, enveloppait la terrasse déserte. Il n'y avait là, outre les deux arrivantes et le jeune homme qui les attendait, qu'une femme âgée, en pelisse de martre, une étrangère, en train de faire courir après une boule deux énormes collies, au long poil fauve, qui aboyaient sauvagement. Oui, quel paysage d'adieu et de mélancolie ! Mais Charles Huguenin était un amoureux, et, pour un amoureux qui se sait aimé, il n'y a de mélancolique paysage que celui où manque son amie. Il avait vu Reine apparaître, sur le trottoir de la rue Royale, à l'angle de la place, frêle et svelte dans sa jaquette d'astrakan, et, pour lui, l'air était devenu chaud, le ciel voilé s'était empli de rayonnements, cet horizon de ramures nues et d'eaux gelées s'était paré des joyeuses couleurs du printemps. Elle approchait, sa délicieuse fiancée, – il y avait si longtemps qu'il souhaitait de lui donner ce nom, sans même oser l'espérer ! – celle qui avait, par ses conseils, par sa douce et persuasive influence, empêché qu'il ne se laissât prendre à la vie factice de Paris, qui avait réchauffé en lui l'amour du pays natal, le sentiment de la vie simple et vraie ; et elle serait bientôt sa femme ; il l'emmènerait là-bas, bien loin, dans la maison paternelle, claire parmi les cyprès noirs, et ce visage idolâtré dont la minceur un peu creusée le tourmentait parfois, s'emplirait, se roserait, se dorerait dans l'air embaumé du Midi. Charles avait bien eu, la veille, à lire la dépêche de sa cousine, un mouvement de surprise et d'inquiétude, mais qui n'avait pas duré. Son caractère possédait un des traits charmants de la nature méridionale, cette nature complexe et contradictoire, dont le dur réalisme peut être si implacable, – on l'a vu à propos de Mme Le Prieux, – dont la sensibilité souple peut être si gracieuse, – et c'était le cas de Charles. L'héritier des Huguenin, de ces vieux vignerons provençaux, si profondément, si absolument terriens, avait cette patience optimiste où il entre un peu de la paresse d'un climat trop doux, mais aussi un peu de cette eurythmie dont les Méditerranéens par excellence, les vieux Hellènes, avaient fait une vertu. Il s'était dit : « La cousine Mathilde fait des difficultés, et ma pauvre Reine se les exagère… » Et il avait souri tendrement à l'idée des enfantines imaginations qu'il prêtait à sa fiancée. Comment eût-il douté une minute du succès final, ayant pour lui l'amour de Reine, d'abord et surtout, puis la sympathie de Le Prieux, dont il était sûr, enfin une parenté avec Mme Le Prieux qui ne permettait pas que les objections de celle-ci fussent bien graves ? Charles avait beau être un garçon nativement spirituel, comme l'indiquaient la distinction spontanée de ses manières, l'extrême délicatesse de ses traits, le sourire avisé de ses lèvres, la vivacité et la douceur de ses yeux noirs, de grands yeux d'Arabe sur un teint brun, presque ambré, – tous ces signes d'un tempérament nerveux, d'une finesse instinctive, n'empêchaient pas qu'il n'eût gardé, à travers ses quatre années de quartier Latin, les œillères d'un provincial dans sa vision de certaines choses de Paris. La situation vraie de ses cousins Le Prieux, par exemple, lui échappait absolument. Il les considérait comme riches, partageant sur les gains fantastiques des journalistes l'habituelle opinion bourgeoise, sans d'ailleurs s'être jamais demandé quelle serait ou ne serait pas la dot de Reine, ni si elle en aurait une. Fils unique lui-même et assuré d'une large indépendance s'il se décidait à vivre sur le domaine paternel, – dans cette belle terre de vignobles et d'oliviers, étalée à quelques lieues des Martigues, sur le bord du golfe de Fos, – l'argent ne lui semblait pas plus devoir jouer un rôle dans ce mariage qu'il ne jouait un rôle dans son cœur. Il n'avait pas réfléchi davantage aux anomalies qu'un jeune Parisien eût discernées dans les relations mondaines des parents de sa cousine. Le Monde – tout court – lui représentait, comme à la plupart des garçons de sa classe, quelque chose d'indéterminé et d'indéfinissable, une espèce de lieu vague où les « arrivistes », dont il n'était pas, se livraient à de savantes intrigues, matrimoniales ou autres, tandis que les simples, comme lui, y subissaient des corvées intimidantes, à la fois frivoles et nécessaires, quand le hasard voulait qu'ils y fussent apparentés. Pour Charles Huguenin, M. et Mme Le Prieux étaient des gens du monde, comme son père et sa mère à lui étaient des propriétaires de campagne, par une conformation originelle qu'il admettait sans en caractériser ni les conditions ni les causes. C'était ainsi, voilà tout. Avec ce tour d'esprit et ces idées, pouvait-il même soupçonner les réalités contre lesquelles Reine se débattait depuis la veille, et les motifs de la décision inattendue qu'elle venait lui signifier ? Pauvre et romanesque Reine et qui ne soupçonnait guère elle-même quelle interprétation elle risquait de soulever par sa démarche de rupture, si complètement inexplicable au jeune homme !... Mais déjà ils s'étaient abordés. Charles balbutiait, très gauchement, disons-le à son honneur, quelques mots destinés à jouer devant le chaperon l'étonnement d'une rencontre inattendue, et Reine l'interrompait, afin d'épargner et à lui ce petit mensonge, et à sa compagne l'équivoque d'une situation fausse : – « Non, mon cousin, ne dites pas cela... Mademoiselle Fanny sait que je vous avais demandé de vous trouver ici... Elle m'estime et elle m'aime assez pour comprendre que si j'ai voulu avoir un entretien avec vous, c'est que je le devais... Elle a eu foi en moi, n'est-ce pas, Fanny ?... » – « C'est vrai, » répondit celle-ci, qui, s'arrêtant de marcher, fit signe aux jeunes gens de la précéder de quelques pas. L'humble vieille fille avait mis tant de sérieux ému, de dignité même, dans ce geste qui eût pu être si servile, le sérieux de l'accent de Reine avait été si solennel que Charles devina ce qu'il n'avait pas su lire entre les lignes de la dépêche : ce rendez-vous, qu'il avait trouvé tout naturel, après leurs fiançailles secrètes, était d'une gravité exceptionnelle. Son mobile visage cessa d'exprimer sa gaieté tendre de tout à l'heure, et il interrogea : – « Mais que se passe-t-il, ma cousine ?... Vous semblez si troublée, si bouleversée... Vous avez dit que vous deviez avoir cet entretien avec moi, comme s'il vous coûtait. Pourtant notre dernière conversation et la lettre de ma mère… » – « Votre mère a écrit la lettre ? » interrompit Reine avec une vivacité qui déconcerta Charles. – « Mais de quel air vous me demandez cela ? » reprit-il. « Ah ! Reine, vous avez donc oublié tout ce que nous nous sommes dit l'autre soir, et ce que vous m'aviez permis d'espérer ?… Avez-vous pu douter que je n'aie tenu ma promesse, et tout de suite ? J'ai écrit à ma mère le soir même, et elle m'a répondu courrier par courrier, avec quelle joie de penser qu'elle allait vous avoir pour fille, avec quelle tendresse pour vous, je vous assure que vous en serez touchée !… Sa lettre à votre mère est partie par la même poste. On a donc dû l'avoir chez vous lundi matin au plus tard… Quand j'ai reçu votre dépêche, j'ai pensé que Mme Le Prieux faisait quelque objection et que vous vouliez m'en avertir… Mais qu'avez-vous ?… » Tandis qu'il parlait, une pâleur de mort avait envahi les joues de Reine. Elle venait d'éprouver une peine d'une acuité surprenante, à soudain apprendre que sa mère avait reçu cette lettre demandant sa main. Et cette mère ne lui en avait rien dit ! Elle ne l'avait pas laissée libre de choisir entre le bonheur et le sacrifice ! La dureté de cœur de Mme Le Prieux, dont elle avait tant souffert, sans se l'avouer jamais, lui avait été une fois de plus rendue sensible, et, douleur pire, l'évidence de sa duplicité. Elle se domina pourtant, et elle répondit, en ayant soin de passer vite sur cette dangereuse question : – « Je ne suis pas très bien ce matin… J'ai été troublée davantage quand vous m'avez parlé de la joie de Mme Huguenin et de son indulgence à mon égard… » Puis, implorante et résolue tout ensemble : « Ecoutez, Charles, » continua-t-elle, « croyez-vous que je sois capable de mentir ?… » – « Vous ? » répondit-il, plus étonné encore, « je sais que je ne vous ai jamais entendu dire une parole qui ne fût la vérité même… » – « Ah ! merci ! » dit-elle, « répétez-le-moi. Cela me fait tant de bien. Répétez que vous croyez en moi, que vous y croirez toujours ?… » – « Je crois en vous, j'y croirai toujours, » redit docilement le jeune homme, qui ajouta, inquiété tout à fait par la visible exaltation de Reine : « Mais pourquoi ?… » – « Pourquoi ? » interrompit-elle, « mais parce que j'ai besoin de sentir que, vous aussi, vous avez foi en moi. Sans cela, je n'aurais pas la force de vous parler comme je dois… Oui, je le dois, » insista-t-elle, et, comme s'arrachant les phrases du fond du cœur :

« Ecoutez, Charles, si je vous ai donné ce rendez-vous ce matin, au risque de vous faire me mal juger, c'est que je n'ai pas voulu que vous apprissiez, par une autre personne que par moi, une chose qui ne vous fera pas plus de chagrin qu'elle ne m'en fait à moi-même, je vous le jure… Mon cousin, laissez-moi finir, » fit-elle, sur un geste de Charles, « j'ai voulu vous la dire, cette chose, pour pouvoir vous dire cela aussi, et pour vous demander de savoir qu'en vous montrant que je partageais vos sentiments, cet autre soir, je ne vous ai pas trompé… Oui, Charles, porter votre nom, vous dévouer ma vie, être votre femme, vivre là-bas, avec vous, c'était, ce serait pour moi le bonheur… Je vous demande de me croire… » En répétant, pour la quatrième fois, ce mot de croire, où se résumait toute son imploration, sa voix se faisait plus pénétrante, comme si elle espérait communiquer au jeune homme qui l'écoutait, pâle à son tour, la ferveur de renoncement dont elle était possédée. « Et je vous demande de me croire encore quand je vous dis que je dois renoncer à ce bonheur pour une raison telle que je ne peux ni m'y soustraire, ni vous la révéler, et que vous, vous ne devez pas m'interroger… » Jamais ce charmant visage, d'ordinaire si réservé, si fermé par la délicate pudeur de ses propres sentiments, n'avait laissé transparaître davantage l'ardeur un peu farouche de ses affections intimes. Jamais ces doux yeux bruns n'avaient été éclairés d'une flamme plus intense, et les notes étouffées qui passaient dans son accent dénonçaient le vif émoi de son cœur, dont Charles pouvait deviner les battements, à travers l'épaisse fourrure du corsage, tant son sein virginal se soulevait, palpitait de tendresse. En tout autre moment, il eût eu pitié de ce trouble si douloureux, mais il était lui-même en proie à une surprise trop cruelle et trop violente pour ne point passer outre, et, quand Reine se fut tue, cette surprise éclata en un cri de révolte presque brutale : – « Il ne me semble pas possible que je vous aie bien comprise… » fit-il. « Voyons, » et il promena sa main sur son front pour retrouver la conscience de sa pensée. « C'est pourtant vrai. Je ne rêve pas tout éveillé. Vous êtes là, Reine, et vous me dites que vous ne voulez plus m'épouser ?… » – « Que je ne peux plus, » interrompit la jeune fille d'une voix si faible que son cousin l'entendit à peine, emporté maintenant qu'il était par la vague de sa propre passion. – « Et vous voulez, » continua-t-il, « que j'accepte cette résolution sans même essayer de savoir d'où elle vous vient, qui vous l'a inspirée, pourquoi vous avez changé ?… » – « Je n'ai pas changé, » interrompit-elle encore. – « Vous me dites que vous avez été sincère avec moi l'autre soir, » continua l'amoureux blessé, sans relever ce mot, « et que vous êtes aujourd'hui dans les mêmes sentiments… Si c'est vrai, qu'y a-t-il alors ? Que s'est-il passé ? On n'enlève pas à quelqu'un toute sa joie de vivre, toute son espérance, sans qu'il ait le droit de défendre ce bonheur et cette espérance… Non, Reine, ce n'est pas possible… Pour que vous me parliez comme vous venez de faire, après m'avoir parlé comme vous m'avez parlé mercredi, il faut, je vous le répète, qu'il se soit passé quelque chose, et quelque chose de très grave… Mais quoi ? Mon Dieu ? Mais quoi ?… Est-ce que votre père s'oppose à ce mariage, ou votre mère ? Non. Puisqu'ils ne vous ont pas dit qu'ils avaient reçu la lettre de maman. A moins que vous ne leur en ayez, vous, parlé la première ? Je vous en conjure. Reine, est-ce cela ? » – « Non, » eut-elle la force de répondre. – « Alors, » insista-t-il, « si l'obstacle ne vient ni de votre père ni de votre mère, il ne peut venir que de vous… C'est donc une idée que vous vous êtes faite, et qui vous a conduite à revenir sur votre décision… Ce ne peut pas être autre chose… » Et, déjà, si l'innocente Reine avait eu quelque connaissance des arrière-fonds du cœur de l'homme, elle aurait deviné que cette phrase révélait un recul devant une certaine pensée, et la soudaine apparition de la jalousie : « Hé bien, » supplia-t-il, « quelle que soit cette idée, dites-la-moi, Reine… Je vous crois. Je crois que vous m'aimez comme je vous aime… Ce n'est donc pas seulement de mon bonheur qu'il s'agit, c'est de notre bonheur à tous deux… Ne le jouez pas sur une chimère, car ce ne peut être qu'une chimère, j'en suis sûr… Dites-moi votre raison. Nous la discuterons ensemble… Si c'est un secret, vous me devez de croire que je suis capable de garder un secret, quand il est à vous. Quand vous m'aurez parlé, vous en serez étonnée vous-même, tout se dissipera, comme un cauchemar. Allons, vous aussi, ayez confiance en moi, parlez-moi… » – « Ah ! » gémit-elle, avec un accent de souffrance qui, cette fois, atteignit Charles jusqu'au cœur : « Si j'avais pu, est-ce que je ne vous aurais pas parlé tout de suite ?… Je vous ai demandé d'avoir foi en moi, » continua-t-elle en joignant ses mains qui tremblaient, « J'espérais de vous que vous me croiriez... Je vous le demande encore : croyez-moi, croyez que si je suis venue vous dire que je ne peux pas être votre femme, c'est que Je ne le peux pas, et que si je ne vous en dis pas la raison, c'est que je ne le peux pas davantage... Non, » répéta-t-elle avec une force presque sauvage, « je ne peux pas ! » Il y a, dans les entretiens comme celui-là, engagés avec le fond même de la personne, des moments où l'une des deux volontés s'affirme avec une si imbrisable vigueur que la discussion s'arrête du coup. Quand Reine eut ainsi prononcé son dernier « je ne peux pas », Charles se sentit devant l'irréductible. Les jeunes gens firent quelques pas en silence, – elle, épuisée par l'énergie qu'elle venait de déployer ; lui, comme affolé de se heurter, pour la première fois de sa vie, contre cet impénétrable du cœur de la femme, la pire des tortures en amour. Il la regardait, avec des émotions qu'il eût juré ne devoir jamais éprouver auprès d'elle, irritées jusqu'à en être haineuses. L'honnête et simple garçon ne savait pas à quelles irrésistibles frénésies l'élancement aigu de la passion emporte une âme masculine, soudain aliénée d'elle-même par l'excès de la douleur impuissante. Il la regardait, et les douces prunelles brunes de la jeune fille, l'idéale noblesse de son profil, la grâce de ses joues minces, les fines lignes de sa bouche frémissante avec ses lèvres un peu renflées, la soie souple de ses cheveux châtains, sa taille frêle, tout ce charme de jeunesse, qui l'attendrissait d'habitude, soulevait maintenant en lui un cruel appétit de la meurtrir, de la briser, tant l'invincible résistance émanée d'elle exaspérait tout son être. Quel était ce mystérieux motif de rupture, assez puissant pour que cette fragile créature qu'il avait vue si à lui, si touchante d'abandon, l'autre soir, se fût soudain reprise ainsi ? A la première minute, il avait pensé qu'il s'agissait de quelque scrupule religieux. Quoique chez Reine, nature tout équilibre, toute mesure, la piété ne se fût jamais exaltée jusqu'à la dévotion, qui sait si elle n'avait pas, dans la ferveur de la quinzième année, fait quelque vœu, dont elle s'était tout d'un coup souvenue ? Mais non. Elle n'aurait pas eu, à confesser un motif pareil, cette évidente terreur... Charles continuait de la regarder, et voici que l'affreux soupçon, qui s'était présenté à lui dans un éclair et qu'il avait repoussé, recommença de l'assiéger : « Si elle en aimait un autre ?... »

Soupçon insensé, car elle venait de lui dire le contraire, et tout en elle attestait la véracité : ses paroles, sa voix, son regard ; – soupçon abominable, car si Reine en aimait un autre, son attitude avec son cousin, l'autre soir et maintenant, était la plus scélérate des coquetteries, et quand lui avait-elle donné le droit de la croire même capable d'un mauvais sentiment ? Hélas ! Les imaginations insensées et abominables sont celles que la jalousie éveille en nous le plus instinctivement, et sa funeste ivresse ne nous permet d'en reconnaître ni la folie ni l'injustice. Que ce soit l'excuse de Charles Huguenin pour avoir, ne fût-ce qu'une heure, méconnu l'adorable enfant qui marchait auprès de lui sur cette terrasse du bord de l'eau ! Le gravier glacé criait sous leurs pieds. Le sifflet des remorqueurs leur arrivait par-dessus les berges de la Seine, toute proche et verte entre ses quais de pierre, et ces bruits ne paraissaient pas plus étrangers au jeune homme que le son des mots que sa propre bouche prononçait maintenant. Etait-ce vraiment lui qui parlait ainsi, et à Reine, à sa chère Reine, entourée jusque-là d'un amour respectueux comme un culte, idolâtre comme une piété ? – « C'est bien, » avait-il commencé. « Je respecterai votre volonté. Je ne chercherai pas à savoir le motif qui vous fait me briser le cœur… Il y a pourtant une question que j'ai le droit de vous poser, et à laquelle vous me devez de répondre : – Dites-moi que vous ne reprenez pas votre parole parce que vous voulez vous marier avec un autre ?… Dites-le-moi, et je m'inclinerai… Je quitterai Paris ce soir et vous n'entendrez plus parler de moi… Mais dites-le-moi. Je veux le savoir. » Il vit qu'elle pâlissait et tremblait davantage encore, mais qu'elle continuait de se taire, et, son délire augmentant par ce qu'il entrevoyait derrière ce silence, il reprit, d'un accent plus âpre et plus dur : – « C'est donc vrai, puisque vous n'osez pas me dire que non ? C'est donc vrai ? » – « Je ne peux pas répondre, » fit-elle d'une voix qui n'était plus qu'un souffle, tant l'émotion l'étouffait. – « Ne pas répondre, c'est répondre, » dit-il. « Ainsi vous allez vous marier avec un autre !… » il répéta « avec un autre », puis, toute la fureur de la jalousie éclata dans ses yeux, et, ne mesurant plus ses mots : « Mais c'est infâme, ce que vous avez fait là ! C'est abominable ! Est-ce que je méritais que vous me traitiez de la sorte ?… L'autre soir, c'était si simple, quand je vous ai parlé, pourquoi ne m'avez-vous pas arrêté tout de suite ? Et auparavant, vous aviez bien vu que je vous aimais. Pourquoi m'avez-vous laissé croire que vous partagiez mon sentiment ? Pourquoi venez-vous d'essayer de me le faire croire encore ?… Ah ! c'est abominable ! C'est abominable !… » – « Charles, » interrompit-elle suppliante, « arrêtez-vous… Vous me faites trop mal… Par pitié… Vous ne savez pas… Vous m'aviez promis de croire en moi… » – « Ah ! » dit-il, « comment voulez-vous que j'y croie maintenant !… » –« Vous ne croyez plus en moi ? » demandât-elle en s'arrêtant, comme si elle ne pouvait plus avancer. – « Non, » répondit-il brutalement. Il n'eut pas plus tôt jeté ce terrible monosyllabe que déjà le remords de son blasphème entrait en lui, à constater la nouvelle décomposition des traits de Reine. Les paupières de la jeune fille battirent, sa bouche s'ouvrit pour chercher l'air qui lui manquait, et elle s'appuya contre un arbre, comme si toutes les choses tournaient autour d'elle, et qu'elle-même fût sur le point de tomber. Il s'approcha pour la soutenir, mais elle le repoussa d'un geste. Un afflux de sang lui était revenu au visage. Elle avait rouvert les yeux, et l'indignation de sa sincérité méconnue perça dans son beau regard, qui se fixa sur lui avec une énergie étrange. Puis, au lieu de parler, elle tourna brusquement le dos à son cousin et se mit à courir, comme quelqu'un qui fuit une insupportable chose, vers Mlle Perrin, qui se trouvait à quelques pas de là, et elle l'appela d'une voix redevenue ferme : – « Fanny, Fanny. Il faut rentrer. Nous avons tout juste le temps… Vite, vite… » Le jeune homme n'essaya pas de lui parler non plus, il n'essaya pas de la retenir et pas davantage de la suivre. Il ne prit même pas congé des deux femmes. Reine et Mlle Perrin avaient déjà tourné l'angle du bâtiment de l'Orangerie qu'il était encore là, près de l'arbre contre lequel la jeune fille s'appuyait tout à l'heure, comme hypnotisé de l'épouvante de ce qui venait de se passer. Il écoutait les aboiements des collies en train de jouer avec la vieille dame étrangère, qui s'étaient éloignés vers un autre coin, et dont les bonds se rapprochaient de nouveau… Il regardait, à travers les branches nues des arbres, les patineurs aller et venir sur le bassin gelé, les statues grises profiler leurs lignes, la place de la Concorde ondoyer de voitures, l'Obélisque dresser son aiguille rose entre les fontaines, à côté des dieux cuirassés de glace brillante, – et la silhouette sombre de Reine s'en aller là-bas, là-bas… Tous ces détails du décor dans lequel venait de se dérouler la scène de rupture entre sa cousine et lui étaient bien réels, bien vrais ! La vérité des paroles qu'ils avaient échangées se réalisa pour lui aussi brusquement, – de celles surtout qu'il avait prononcées, – et quand Reine eut disparu tout à fait il se laissa tomber sur un banc en gémissant : – « Malheureux ! Elle ne me pardonnera jamais. » Il ne doutait déjà plus d'elle. Et c'était pire !

VII

RÉVÉLATIONS

Le remords de Charles Huguenin ne le trompait pas : la fuite de sa cousine, loin de lui, en ce moment, n'était pas une de ces brouilleries d'amoureuse et d'amoureux dont la première rencontre fera un retour délicieux. Non, le sentiment soulevé chez Reine par ce manque de foi en elle était de ceux qui précipitent un jeune cœur aux plus extrêmes résolutions. C'est le charme et c'est le danger des sensibilités de vingt ans, lors de leur premier heurt avec la vie, que leur caractère entier les prédispose à des partis pris intransigeants et trop aisément irrévocables. Le même manque d'expérience qui leur donne une telle ferveur vers l'Idéal les rend aussi incapables de mettre à un plan exact leurs premières désillusions, dans cet élancement au bonheur. Ne s'étant pas encore usées à de diminuantes épreuves, elles rêvent d'un absolu dans les émotions, qui n'est pas de ce monde ; et de le constater les désespère. Reine s'était acheminée vers ce rendez-vous d'adieu, on se le rappelle, l'âme exaltée, même dans sa détresse, par cette idée qu'elle pourrait, en faisant appel à l'amour de son cousin, accomplir ce qu'elle considérait comme son impérieux devoir de fille, taire pourtant la nature de ses mobiles et ne pas être méconnue. Le résultat était que Charles venait de lui dire qu'il ne croyait pas en elle. La seule consolation qu'elle pût avoir, dans son mortel sacrifice, lui était enlevée du coup. En même temps, il lui semblait avoir découvert chez celui qu'elle aimait un homme qu'elle ne connaissait pas, et qui l'épouvantait.

Quel regard de haine elle avait surpris dans ses yeux, quel frémissement de cruauté sur sa bouche, quel accent mauvais dans sa voix ! Et ce qui achevait de l'affoler, plus que cette déception et que cette terreur, c'était le sursaut indigné au contact d'une trop dure iniquité. Ce frémissement de révolte grandissait en elle à la réflexion, tandis qu'elle marchait, aux côtés de la douce Fanny Perrin, d'un pas toujours plus rapide et plus fiévreux, un vrai pas de fuite, loin, plus loin de cette terrasse où elle avait entendu ces mots dont l'injuste brutalité la poursuivait, ce « non » entré soudain jusqu'au fond de son cœur, comme une pointe de flèche, déchirante et brisée dans la plaie. Elle allait, littéralement hallucinée par l'intolérable douleur de cette pensée : « Il ne croit pas en moi !... » ne voyant ni les rues, ni les passants, ni sa silencieuse compagne, qui n'osait pas l'interroger, et ce lui fut comme le réveil d'une transe de somnambulisme, lorsque, arrivées au square Delaborde, et sur le point de s'engager dans la rue du Général-Foy, la timide Fanny se décida enfin à lui parler : – « Je ne vous questionne pas. Reine... Je n'en ai pas le droit, et pourtant je voudrais, avant de nous quitter, vous faire deux demandes... Je vous ai prouvé, n'est-ce pas, combien je vous aimais, combien je vous estimais ?... » – « Chère Fanny !... » fit la jeune fille, et elle serra la main de son amie avec une reconnaissance qui enhardit celle-ci à continuer. – « Puisque vous le sentez, vous devez être sûre, bien sûre, que je vous parle dans votre intérêt, pour le mieux de ce que je devine... Même avant aujourd'hui, allez, j'avais compris bien des choses... Ma première demande, c'est que vous me promettiez d'attendre un peu pour vous décider sur ce mariage que l'on veut vous faire faire... La seconde... » – « La seconde ?... » insista Reine. – « La seconde, » et la pauvre promeneuse eut la pourpre de tout son sang aux joues pour achever sa phrase, « c'est de ne pas être injuste pour votre cousin... » Les deux femmes étaient arrivées devant la porte de la maison qu'habitaient les Le Prieux, sans que Reine eût relevé ni l'une ni l'autre des supplications de son humble amie. Cette allusion à Charles lui avait arraché un petit geste, aussitôt arrêté. Quand elles furent toutes deux sur le palier de l'appartement, et avant de sonner, elle dit d'une voix où frémissait son trouble intime :

– « Pardonnez-moi de ne pas vous avoir répondu, Fanny… Pour la première des deux demandes, je ne peux rien vous promettre… Quant à la seconde, vous ne savez pas combien vous vous trompez sur moi et sur… » Elle eut le nom de Charles sur ses lèvres tremblantes, mais elle ne l'articula pas. « Non, » insista-t-elle, « ce n'est pas moi qui suis injuste. » Elle répéta : Ce n'est pas moi… » Puis, faisant signe à sa confidente de ne plus continuer cet entretien, et tandis que son doigt pressait le timbre : Merci de ce que vous avez fait pour moi… » Et elle l'embrassa, au moment où la porte s'ouvrit, en ajoutant tout bas, mais d'un ton qui traduisait une résolution très arrêtée : « Adieu… il faut me laisser… C'est là ce qui sera pour le mieux… » Un dernier regard pour y empreindre, avec un merci encore pour tant d'affection montrée, une suprême prière de l'abandonner à son destin, et déjà Reine avait disparu dans l'antichambre. La porte s'était refermée, et Fanny Perrin commençait de redescendre l'escalier somptueux de la maison, un silencieux escalier avec une cage de bois sculpté, des vitraux, des plantes vertes, un tapis rouge, la tiède atmosphère partout d'invisibles bouches de calorifère, de quoi donner l'impression d'hôtel privé qui faisait nécessairement partie du programme mondain d'une « belle madame Le Prieux ». D'ordinaire, ces splendeurs de pacotille en imposaient à la maîtresse de piano, qui subissait, elle aussi, à sa manière, le prestige du luxe des autres. Mais, en cet instant, tout entière à la scène dont elle venait d'être le témoin, elle ne songeait plus à comparer mentalement les froids carreaux de son cinquième des Batignolles aux moelleuses épaisseurs des marches, où ses pieds posaient avec respect, presque avec componction. Elle se disait : « Avec qui peut-on vouloir marier Reine ?… » Elle repassait, en esprit, les divers jeunes gens du salon Le Prieux qu'elle connaissait, soit par les récits de la jeune fille, soit pour avoir plus ou moins rempli des fonctions de promeneuse ou de donneuse de leçons dans cette société. L'image de Charles se peignait entre vingt autres dans sa pensée, pour finir par se superposer à toutes. Elle le revoyait tel qu'il s'était avancé au-devant de Reine sur la terrasse du bord de l'eau, tout à l'heure, le visage ému et rayonnant, les yeux clairs, puis, à la fin de l'entretien, son profil irrité, ses prunelles dures, son geste menaçant, et elle raisonnait : – « Séparés ? Ces deux beaux enfants si bien faits l'un pour l'autre ? Il l'aime et elle l'aime. C'est trop évident… Ah ! si M. Le Prieux savait les sentiments de Reine ! C'est un si brave homme, lui… Serait-ce mal de lui dire la vérité ?… » Et déjà un vague projet s'ébauchait dans l'imagination de la vieille demoiselle, aussi romanesque, malgré sa laideur, que pouvait l'être Reine elle-même, – l'insensé projet de prévenir le père. Oui, si elle allait lui dire qu'en empêchant l'union de Charles Huguenin et de sa fille, il faisait le malheur de celle-ci, trahirait-elle la confiance de Reine ?… Le prévenir ?… Mais quand et comment, pour que ce ne fût pas trop tard ? Toutes les femmes, si naïves puissent-elles être, et si peu féminines, ont une intuition, infaillible comme un instinct, lorsqu'il s'agit d'une aventure d'amour. Mlle Perrin ne savait ni le nom d'Edgard Faucherot, ni les paroles échangées entre Reine et sa mère, ni la démarche de Mme Huguenin. Elle ignorait toutes les données secrètes de ce drame de famille, et les ambitions de Mme Faucherot, et les dettes de Mme Le Prieux, et les courtages de Crucé. Pourtant elle devinait, au point d'en éprouver une anxiété presque insupportable, que non seulement les journées, mais les heures, mais les minutes étaient comptées… Et c'était trop vrai qu'à cet instant même où, arrêtée sur le trottoir, elle regardait les fenêtres à menus carreaux Louis XVI des Le Prieux, déjà un événement tout voisin d'être irrémissible s'accomplissait dans une des pièces éclairées par une de ces fenêtres à petits rideaux de foulard incrusté de guipure ; et cette pièce était cette même chambre à coucher de style Empire, aux tapis vert tendre, aux tentures de soie jaune, où, la veille, Reine avait été initiée au coût du décor dans lequel sa jeunesse avait grandi. Aussitôt la porte fermée, et avant même d'aller chez elle ôter son chapeau et sa jaquette, la malheureuse enfant avait demandé où était sa mère, et sur la réponse du groom : « Madame est dans sa chambre, » elle s'y était dirigée tout droit. Elle avait trouvé Mme Le Prieux assise à son bureau, toute prête pour la sortie de l'après-midi, – elles devaient se rendre ensemble à une exposition de cercle, – et en train d'écrire des lettres. Elle portait une robe de drap épais, d'un gris d'argent, avec des panneaux de velours brodés de grandes fleurs ton sur ton et une bordure de chinchilla. La perfection d'ajustage de cette toilette lui donnait comme un air d'uniforme et de parade, en même temps que l'ordre et la complication des objets rangés sur la tablette du bureau attestaient la besogne d'une immense correspondance, celle d'une femme qui n'a jamais commis la plus légère faute d'orthographe en politesse. Que « d'expressions de ses douloureuses condoléances », que de « sympathies émues », que « d'affectueux compliments » elle avait tracés de sa grande écriture, si banale dans ses hautes allures aristocratiques, et sur des papiers tous du format et de la couleur voulus ! Au bas de combien de réponses à des invitations avait-elle mis ce Durel-Le Prieux qu'elle avait adopté comme signature, à l'imitation de l'étiquette du faubourg Saint-Germain, qui accole la noblesse de la femme à celle du mari ! A voir sa mère ainsi, pareille à ce qu'elle l'avait toujours connue, continuant de pratiquer les moindres rites de son rôle mondain avec la rigueur automatique d'une machine montée, et sans rien soupçonner des catastrophes morales accomplies autour d'elle, Reine eut de nouveau l'impression du froid au cœur qu'elle avait tant subie, – d'autant plus forte qu'elle savait maintenant l'existence de la lettre de la mère de Charles… Mais, qu'était ce frisson de sa sensibilité froissée, auprès de l'affreuse douleur dont elle était encore bouleversée, et qui venait, dans cette courte demi-heure, entre les Tuileries et la rue du Général-Foy, de provoquer en elle une véritable crise de délire intime ? De quel autre nom appeler la frénésie de chagrin qui l'avait fait, durant ces trente minutes, prendre la folle résolution – devinée par Fanny Perrin – d'en finir, pour toujours et tout de suite, avec ce cruel, cet injuste Charles, et de mettre entre eux quelque chose d'à jamais irréparable ? Le langage familier a créé la très exacte formule de « coups de tête » pour ces violentes poussées en avant de la volonté, si fréquentes dans la jeunesse, à l'âge où les énergies de la passion étant plus intactes et plus intenses, l'âme dévie, quand elle se heurte à certains obstacles, tout d'une pièce. Et trop souvent, hélas ! c'est bien à jamais, c'est pour toujours. Ce quelque chose d'irréparable, le mauvais sort de Reine voulait qu'elle l'eût à sa portée. Il suffisait qu'au lieu d'attendre le samedi, comme il était convenu, elle acceptât dès maintenant le projet de mariage avec Edgard Faucherot. Ce qui caractérise les coups de tête, c'est la rapidité avec laquelle nous usons, pour les exécuter, de l'énergie que nous sentons disponible, comme si nous n'étions pas sûrs de la retrouver plus tard à notre service. Plus tard, en effet, et sortie de son premier accès de souffrance aiguë et d'indignation. Reine aurait-elle eu la force de prononcer la phrase qu'elle dit à sa mère aussitôt : – « Maman, j'ai bien réfléchi à notre conversation d'hier, et je peux vous donner ma réponse dès aujourd'hui. Si M. Edgard Faucherot me demande en mariage, je l'accepterai... » Elle avait, en parlant, la voix saccadée et comme métallique, ses yeux brillaient d'un éclat de douleur, et la brûlure de ses joues achevait de révéler sa fièvre intérieure. Tous ces signes, et la promptitude de cette volte-face dans une résolution si grave, auraient dû éclairer Mme Le Prieux, d'autant plus qu'elle avait pu lire, entre les lignes de la lettre de la mère de Charles, le secret du roman des deux jeunes gens. Mais, d'une part, elle était trop persuadée qu'elle assurait le bonheur futur de sa fille pour éprouver le moindre remords, et, de l'autre, elle avait trop de sens pratique pour chercher les causes d'un consentement qu'elle n'espérait ni si prompt ni si facile. Le plus sage n'était-il pas de profiter de cette favorable disposition, d'où qu'elle vînt ? Et qui sait ? Le contentement de cette femme affolée de mondanités, à l'idée de la réussite sociale que lui représentait ce mariage Faucherot, était si vif qu'il y eut peut-être autant d'inconscience qu'une créature aussi volontaire pouvait en avoir, dans le mouvement d'affection émue par lequel elle pressa Reine entre ses bras en lui disant : – « Ah ! mon enfant ! Je n'attendais pas moins de toi, et je tiens à te le déclarer, maintenant que tu t'es décidée, bien librement, et que je ne risque pas de t'influencer, tu ne pouvais rien faire qui me prouvât mieux combien tu m'aimes... Rien non plus qui fût plus raisonnable... Tu me béniras un jour de t'avoir proposé ce mariage. Ce n'est pas d'aujourd'hui que j'y pense, tu dois le croire... Mais allons avertir ton père. Le pauvre cher homme va-t-il être heureux aussi !... » Et, prenant Reine par la main, elle l'entraîna jusqu'à l'étroit cabinet du journaliste, qui achevait justement – il était midi – de numéroter les feuillets de son troisième et dernier article du matin. La tension du travail avait rayé son front de rides, enflé les poches de ses paupières rougies et accentué encore le pli lassé de sa bouche. Avec cela, ses cheveux, un peu dépeignés par la pression de ses mains, sur lesquelles il avait appuyé sa tête pour méditer, montraient leurs dessous grisonnants. Le misérable ouvrier littéraire portait, ainsi surpris, dix ans de plus que son âge. Quoique Reine fût, à cette minute, dans cet état de demi-insensibilité dont s'accompagne l'accomplissement de certaines résolutions, qui sont de véritables suicides moraux, cette vision de la vieillesse anticipée de son père lui toucha le cœur, à une place bien profonde, et plus encore le regard par lequel ce père accueillit l'annonce de ses prochaines fiançailles. Mais l'une et l'autre impression était pour la raffermir encore dans sa funeste volonté. – « Mon ami, » avait dit Mme Le Prieux, avec le mélange de solennité et de familiarité où elle excellait, » je vous présente la future Mme Edgard Faucherot, » et, sur un geste de son mari : « Mais oui, » avait-elle insisté, « Reine m'a donné sa réponse. Elle accepte, et, du moment qu'elle accepte, nous avons pensé, elle a pensé que le plus raisonnable était de le faire savoir tout de suite à l'excellent ami qui s'est chargé de cette ambassade... Je vais écrire à Crucé... » – « Elle accepte ? » avait répété l'écrivain, et c'est en prononçant ces mots, d'une voix tremblante d'émotion, qu'il avait regardé Reine. Celle-ci vit dans les yeux du pauvre homme cette expression indéfinissable d'étonnement et de pitié qu'elle avait déjà discernée la veille, et qui l'avait tant troublée. Elle avait cru y lire le remords du sacrifice demandé. Ses yeux, à elle, se détournèrent, et, mentalement, le père attribua cette visible gêne de sa fille à une espèce de honte. Ne sachant rien de la conversation que les deux femmes avaient eue ensemble, comment n'aurait-il pas cru que Reine consentait à faire un mariage riche, simplement parce que c'était un mariage riche ? Quelque chose pourtant protestait en lui contre une hypothèse qui contrarierait, à ce degré, toutes ses idées sur elle. Puis, comme Mme Le Prieux était là, rayonnante, et qu'une autorité si impérative émanait d'elle, à peine cet homme faible trouva-t-il l'audace de répondre : « Mais est-elle bien sûre d'avoir assez réfléchi ? Voyons, Reine, tu ne désires pas t'interroger encore ? » – « Je me suis interrogée, » dit Reine, « et j'ai bien réfléchi... » – « Tu ne veux vraiment pas quelques jours de plus ?... » insista-t-il. – « Je les lui ai offerts, » fit Mme Le Prieux, qui ajouta, en s'adressant à la jeune fille : « Ton père a raison. Nous serions encore plus rassurés si tu prenais ces quelques jours de plus. » La perspicace femme était trop certaine de la réponse de Reine, qui secoua sa tête et répliqua fermement : – « A quoi bon ? Vous l'avez dit vous-même, maman, le plus tôt sera le mieux… » Jamais un père et une enfant qui s'aiment de tout leur cœur n'échangèrent plus froid baiser que celui par lequel Hector Le Prieux et Reine scellèrent cette espèce de pacte, si émouvant d'ordinaire, lorsqu'une fille, pressentie sur une demande en mariage, répond à ses parents qu'elle consentira ! Jamais repas de famille, pris dans des circonstances qui doivent être si heureuses, ne fut plus taciturne, plus pénible, plus chargé d'un indéfinissable malaise que celui qui suivit ! Jamais, depuis qu'il traînait le poids de toutes ses ambitions écrasées, de son Idéal déçu, de sa destinée manquée, le journaliste ne s'était senti l'âme plus lourde qu'en passant, après ce morose déjeuner, le seuil de la porte de sa maison, devant laquelle stationnait déjà le coupé de Mme Le Prieux. Le mari allait se rendre, lui, à pied ou en fiacre, à l'une des innombrables commissions de fêtes charitables dont les relations de sa femme le faisaient sans cesse membre ou président. Il s'agissait, cette fois, d'une représentation à organiser pour les victimes d'un tremblement de terre dans les îles Ioniennes. Ah ! par instants, – et ces instants se multipliaient à mesure que la vie avançait, – comme l'époux envié de « la belle madame Le Prieux », comme le chroniqueur aux appointements jalousés, comme le servile manœuvre de copie, se trouvait incapable de plaindre d'autres misères que la sienne, tant son existence lui paraissait lamentable d'avortement ! D'habitude l'image de sa femme et de sa fille lui rendait l'énergie nécessaire. En ce moment, de penser à toutes deux, lui était une étrange douleur. L'une, d'abord, sa femme, lui était apparue, depuis leur conversation à la sortie du théâtre, comme si peu semblable à l'image qu'il voulait se faire d'elle, et qu'il arrivait à s'en faire ! Il y arrivait, mais, pareil en cela à tous ceux qui aiment et qui ne veulent pas juger ce qu'ils aiment, par un effort dont il était, malgré tout conscient. Il conservait, au fond de sa pensée, une place obscure où il ne regardait jamais. Là, s'accumulaient, dans le silence, les preuves du féroce égoïsme de Mathilde, qu'il ne s'avouait pas, et que les susceptibilités de sa tendresse enregistraient, en dépit de cet aveuglement systématique. Certes, il l'aimait aussi passionnément qu'autrefois. Elle était toujours, à ses yeux, celle qu'il avait connue si malheureuse, au lendemain de la catastrophe paternelle, l'orpheline qu'il n'avait jamais cru pouvoir assez combler, par compensation, en bien-être, en élégance, en luxe et, s'il l'avait pu, en faste. Mais toutes les indulgences, toutes les complaisances de cette passion, que vingt ans de mariage n'avaient pas usée, n'empêchaient pas qu'il n'eût cruellement souffert des horribles défauts de caractère de sa compagne d'existence, même sans consentir à les reconnaître. Pour la première fois, depuis ces vingt ans, cette reconnaissance s'imposait à lui, quoiqu'il en eût, parce que, pour la première fois aussi, un sentiment égal à celui qu'il portait à sa femme entrait en jeu. Ce que le mari n'avait jamais osé pour son propre compte, le père allait l'oser pour celui de sa fille. Que dis-je ? Il l'osait déjà. Hector n'avait jamais jugé sa femme. Il jugeait la mère de son enfant. Depuis la minute où elle avait prononcé le nom d'Edgard Faucherot, il se débattait en vain contre cette indiscutable évidence : non, une mère qui aime sa fille ne la marie pas ainsi ! Elle n'accepte pas, du premier coup et avec joie, l'idée de donner une créature comme Reine, une fleur de délicatesse et de pureté, à un jeune homme tel que ce Faucherot, si médiocre, si vulgaire d'intelligence et de sensibilité, simplement parce qu'il est riche ! Il est vrai que Mme Le Prieux aurait pu arguer, pour sa défense, du consentement de Reine elle-même. C'était ici que le père se soulevait et parlait plus haut que le mari. Quoique ce consentement fût certain, qu'il eût entendu Reine prononcer d'une voix nette et ferme la phrase fatale, ce « j'ai bien réfléchi » qui excluait toute idée d'une surprise et d'une tyrannie, quelque chose en lui protestait, invinciblement. Ses relations avec sa fille, depuis la plus tendre enfance de celle-ci, avaient été exactement l'inverse de celles qui l'unissaient à sa femme. Il avait toujours senti que Reine lui était transparente tout entière. En pensant à elle, il n'avait jamais eu cette impression de secrète contrainte, qu'il éprouvait si souvent vis-à-vis de l'autre. Le point mystérieux du caractère de sa fille n'était même que trop clair pour lui. Ce qu'il avait lu dans ces doux et tristes yeux bruns, c'était la pitié pour son existence de tâcheron, l'intelligence de ses détresses cachées, le regret de ses ambitions d'artiste sacrifiées, c'était autre chose encore... Il n'avait pas voulu y lire cette autre chose, cette condamnation de l'égoïsme maternel, et il l'y avait lue pourtant. Qu'un jeune cœur, de cette finesse d'impression et de cette ardeur aimante, eût, du premier coup, accepté l'idée la plus odieuse à vingt ans, le plus brutal mariage d'argent, le moins justifiable par l'apparence d'un prétexte romanesque, voilà ce que le père n'admettait pas. Il entrevoyait, par derrière cette soumission de sa fille, une énigme dont les données lui échappaient. Il pressentait que sa femme ne lui avait pas dit toute la vérité, qu'entre elle et Reine il s'était échangé des paroles qu'il ne connaissait pas. Un drame clandestin se jouait chez lui, autour de lui, dont les éléments lui échappaient, et cette impression lui était deux fois cruelle. En premier lieu tout l'avenir de bonheur de sa Reine s'y trouvait intéressé. Puis, admettre ce drame secret dans son ménage, c'était admettre chez sa femme la duplicité de l'épouse et la dureté de la mère. – Et comment continuer à entretenir le mensonge intime dont son amour avait besoin ? Hector était donc sorti de la maison parmi ces pensées, et il commençait de descendre sur le trottoir de gauche vers l'église Saint-Augustin, lorsqu'il vit se détacher de la rue de Lisbonne, et se précipiter au-devant de lui, presque en courant, une femme, dans laquelle il reconnut, avec stupeur, la « promeneuse » habituelle de sa fille : Fanny Perrin elle-même. La vieille demoiselle s'était embusquée là, depuis qu'elle avait quitté Reine, ne se décidant ni à monter dans l'appartement où elle aurait demandé M. Le Prieux, ni à s'en aller. Elle avait laissé passer les minutes, oubliant et l'heure de son déjeuner, et, distraction beaucoup plus extraordinaire chez une personne aussi ponctuelle et aussi pauvre, l'heure d'une leçon de piano qu'elle avait à donner aux Batignolles. Elle attendait la sortie de Le Prieux, sans même avoir pu prendre une résolution précise sur ce qu'elle lui dirait. Mais elle l'attendait, le cœur battant, la gorge serrée, comme contrainte à cette action par une force étrangère à sa volonté, avec un remords de trahir la confiance de Reine si elle parlait, et cependant une impossibilité de laisser faire le mariage que celle-ci lui avait annoncé. Du moins elle voulait avoir crié au père la vérité. Comment ? Dans quels termes ? Pour la brave créature, dont l'existence s'était écoulée, si monotonement calme, entre des occupations si étroites, si réglées, ces quelques heures contenaient plus d'événements qu'elle n'en avait jamais traversés. Elle avait accepté d'accompagner une de ses élèves à un rendez-vous ! Elle était dépositaire d'un secret, duquel dépendait la destinée de cette élève, qu'elle aimait au point de s'être décidée à ce compromis avec sa conscience professionnelle ! Et ce secret, elle se préparait à le révéler ! Aussi tous les gros traits de son visage bonasse étaient comme décomposés par l'émotion, au moment où elle aborda le père de Reine. Ses lèvres fortes, où flottait d'ordinaire le sourire d'amabilité banale d'une inférieure toujours exposée aux rebuffades, exprimaient une véritable angoisse ; et les mots s'y pressaient, presque incohérents, tout mêlés de formules qui trahissaient les habitudes de parler propres à son humble métier, et d'exclamations suppliantes où se révélait, avec son affolement intérieur, son scrupule de manquer à ses engagements vis-à-vis de Reine. Son passionné désir de la sauver emportait tout : – « Monsieur Le Prieux, » disait-elle, « vous m'excuserez de la liberté… J'ai absolument besoin de vous parler… Je suis une pauvre fille, monsieur Le Prieux, et je sais que cette démarche n'est pas dans ma position… » Puis, comme pour prévenir toute enquête : « Ne m'interrogez pas, je ne pourrais pas vous répondre… Je ne le devrais pas. Je ne devrais déjà pas être ici. Mais il s'agit de mademoiselle Reine, qui a toujours été si bonne pour moi et que j'aime tant… Il y a une chose qu'il faut que vous sachiez, monsieur Le Prieux, il le faut, » répéta-t-elle. « Si Reine fait le mariage que vous voulez lui faire faire, elle mourra de chagrin… Elle aime quelqu'un. Ne me demandez pas le nom, » reprit-elle, avec plus de volubilité encore : « je ne vous le dirais pas… Mais ne la forcez pas à se marier contre son cœur… Je vous répète qu'elle en mourra de chagrin… Ah ! mon Dieu ! Ce sont ces dames !… Elles vont me voir !… Monsieur Le Prieux, que jamais Reine ne sache que je vous ai parlé !… Jamais, jamais !… » Et laissant son interlocuteur littéralement paralysé de surprise sur l'angle du trottoir, elle s'enfuit sans se retourner, par la rue de Lisbonne, comme une personne qui viendrait de commettre une abominable action. Elle avait aperçu le coupé, tout à l'heure immobile, se mettre en branle devant la porte cochère de la maison, à cinquante pas, et venir dans leur direction, et avant que le père de Reine, qui s'était retourné vers le haut de la rue à cette exclamation : « Ce sont ces dames !... », eût entièrement repris ses esprits, la voiture passait en effet devant lui. Le cheval allait au pas. Le Prieux vit que le coupé était vide, et il interpella le cocher qui s'arrêta pour répondre à sa question : – « Ces dames sortiront dans une demi-heure... Madame m'a donné une lettre à porter chez M. Crucé... » – « Je vais justement de ce côté », fit Hector, qui, en se penchant, avait aperçu l'enveloppe dans le casier de devant. Il ouvrit la portière, et prit la lettre en ajoutant : « Vous pouvez retourner aux ordres. Vous direz à Madame que je me suis chargé de la commission... » Ces deux courtes scènes, – la survenue de Fanny Perrin, son discours, sa fuite d'une part ; de l'autre, la descente de la voiture, son arrêt, la prise du billet destiné à Crucé, – avaient été si rapides, elles s'étaient succédé d'une façon tellement inattendue, qu'Hector Le Prieux aurait pu croire qu'il avait rêvé, s'il ne s'était retrouvé sur le coin du trottoir, à l'angle des rues du Général-Foy et de Lisbonne, cette lettre de sa femme à la main. En la saisissant comme il avait fait, dans le casier du coupé, et disant au cocher ce qu'il lui avait dit, il avait obéi au mouvement le plus impulsif, lui, l'homme pondéré par excellence, au plus irraisonné aussi. Il savait trop bien ce que contenait cette enveloppe, dont il regardait la suscription avec une espèce d'hébétement : « A Monsieur, Monsieur Crucé, 96, rue de La Boëtie, » et, au bas : « A porter, pressée. » Mathilde s'était retirée avant le déjeuner pour écrire ce mot, d'accord avec lui. Pourquoi donc l'avait-il intercepté ? Pourquoi s'engageait-il maintenant, d'un pas hâtif, dans la rue de Lisbonne, puis sur le boulevard Malesherbes, avec l'espérance que Fanny Perrin l'aurait attendu, qu'elle allait réapparaître et lui parler de nouveau ? Qu'avait-elle pourtant à lui apprendre, qu'il ne sût déjà ? Les quelques paroles qu'elle avait prononcées correspondaient trop intimement à ses propres sentiments, leur accent était trop évidemment sincère, pour qu'il en suspectât la vérité. Quant au nom, que la vieille demoiselle avait déclaré ne pas pouvoir révéler, le père avait-il besoin de ce complément de confidence pour le connaître ? Aussi certainement que si Fanny Perrin fût allée jusqu'au bout de sa confidence, il savait que le jeune homme aimé par Reine était Charles Huguenin. Mais toutes les passions se ressemblent par ce double et contradictoire caractère : la certitude dans l'intuition, et l'appétit, la frénésie de tenir la preuve positive de ce dont elles ne se doutent pas. Quand il se fut bien convaincu que l'institutrice ne reviendrait plus, Hector héla un fiacre, et il donna au cocher une adresse qui n'était ni celle de Crucé, ni celle de l'endroit où se réunissait le comité qu'il aurait dû présider. Il allait rue d'Assas, chez Charles Huguenin ! Quant à la lettre de Mme Le Prieux, il l'avait déchirée déjà en cinquante morceaux, presque rageusement, et le vent emportait ces parcelles de papier parfumé sous les pieds des passants, sous les sabots des chevaux, dans toutes les poussières du pavé, derrière la voiture où Hector était assis, en proie aux plus violentes émotions qu'il eût éprouvées depuis des années : – « Non, » se disait-il, tandis que le fiacre allait, descendant le boulevard Haussmann, pour gagner ensuite la Seine par la rue Auber, l'avenue de l'Opéra et la place du Carrousel, « non. Elle ne se mariera pas contre son cœur. Elle ne sera pas Mme Faucherot. Je ne le veux pas. Je ne le veux pas... » Contre qui les plus intimes résistances de son être se tendaient-elles donc, dans ce sursaut de résolution ? Et son monologue intérieur continuait, les idées s'appelant l'une l'autre avec cette logique involontaire qui déconcerte tous nos partis pris, toutes nos affections quelquefois : « Je savais bien que ce n'était pas possible qu'elle épousât ce Faucherot autrement que forcée... Forcée ? Elle s'est crue forcée ? Mais par qui et par quoi ?... Nous l'avons laissée libre pourtant. Tout à l'heure encore, nous lui avons demandé d'attendre... » Contre quelle idée le père se défendait-il, en se répétant mentalement ce « nous » mensonger ? Il reprenait : « Et ce n'est pas à nous qu'elle a confié ses sentiments ? C'est à une étrangère ?... Elle ne sait donc pas que son bonheur est notre seul souci, que nous ne vivons que pour elle ? Quand elle a dû aller causer avec sa mère de ce projet de mariage, je lui ai parlé cependant. Elle m'a compris. Du moins, elle en avait l'air. Je l'entends encore me dire : « Que vous êtes bon et que je vous aime ! » Et puis, ce silence, cette défiance ?... C'est inconcevable... Peut-être a-t-elle cru que la personne qui la demandait en mariage était Charles, et, voyant qu'elle s'était trompée, a-t-elle eu un accès de dépit, qui sait ? de désespoir... Elle aura pensé que son cousin ne l'aimait pas... » Et puis, il s'efforçait de se faire à lui-même des objections : « Mais est-ce bien Charles qu'elle aime ?... Ah ! je vais le savoir... Comment ?... J'aurais dû plutôt chercher à revoir Mlle Perrin, la faire parler, lui arracher le secret de Reine, tout entier. Que vais-je dire à ce jeune homme ? Si ce n'est pas lui, pourtant, qu'aime Reine, et si, de son côté, il n'a jamais pensé à sa cousine ?... En tout cas, je ne veux pas que ce mariage se fasse. Je ne le veux pas. » A l'instant où Le Prieux se répétait ce serment, à voix haute cette fois, le fiacre roulait sur les pavés de cette étroite et longue rue des Saints-Pères, une des rares artères de Paris qui n'ait pas changé depuis trente ans, sauf dans la portion entaillée par la percée du boulevard Saint-Germain. Les surcharges de travail du journaliste ne lui permettant guère que les courses strictement utiles, il venait rarement dans ces parages, étroitement associés aux lointains souvenirs de son exode de Chevagnes à Paris. Il était descendu, à cette époque, dans un petit hôtel meublé de la rue des Beaux-Arts, – ô naïveté d'un adolescent provincial en mal de gloire ! – à cause du nom de la rue et de celui de la maison, qui s'appelait : « Hôtel Michel-Ange. » Par quel détour secret de sa sensibilité malade l'aspect du quartier, où il avait promené les ambitions déçues de sa jeunesse, donna-t-il au père de Reine un irrésistible besoin de revoir cette rue des Beaux-Arts, toute voisine, il est vrai ; mais quel rapport y avait-il, entre l'asile de ses vingt ans, à lui, et la démarche qu'il se proposait de faire, pour sauver d'un mariage détestable les vingt ans de sa fille ? Voulait-il, apercevant soudain les extraordinaires difficultés de cette démarche, en mieux calculer le détail à l'avance, et se donner un peu de temps pour la réflexion ? Ou bien, appréhendant d'avoir, à son retour chez lui, une lutte redoutable à soutenir, allait-il, poussé comme par un instinct, demander un surcroît d'énergie au fantôme du Le Prieux qu'il avait été, passionnément épris d'Idéal et d'art, et profondément, absolument étranger à la misère des compromis sociaux ? Plus simplement encore, les émotions éprouvées, depuis ces quarante-huit heures, au sujet de sa fille, avaient-elles achevé de donner une forme aiguë à certaines idées qu'il refusait de s'avouer depuis si longtemps, et un maladif désir le dominait-il, de constater d'où il était parti, pour arriver où, et à cause de qui ? Toujours est-il qu'à la hauteur de la rue Jacob, il frappa contre le carreau de sa voiture, fébrilement, pour l'arrêter, et, au lieu de continuer dans la direction de la rue d'Assas, il descendit, paya le cocher, et s'achemina à pied vers son ancienne demeure. Il était dans une de ces minutes singulières, durant lesquelles la ressemblance, l'identité plutôt, entre notre destinée et la destinée de ceux dont nous sortons ou qui sortent de nous, éveille, dans les arrière-fonds de notre être, un sentiment intense et presque obsédant de la race. Venant de subir un malheur qu'a subi notre père dans des circonstances analogues, ou voyant notre enfant sur le point de recevoir un coup que nous avons reçu nous-mêmes, la profonde unité du sang se révèle à nous, et trouble étrangement notre cœur. Appliquée au passé, à ceux qui nous ont légué leurs vertus et leurs faiblesses, cette impression aboutit à une espèce de mélancolie presque pieuse, qui pardonne toutes les fautes et remercie de tous les bienfaits. Tournée vers l'avenir, vers ceux à qui nous avons transmis cette âme de la famille dont nous ne sommes qu'un moment, cette impression se transforme en un profond et poignant désir d'atténuer pour eux, de leur épargner, si nous le pouvons, les épreuves héréditaires. Cela fait des heures indéfinissables où nous ne savons pas s'il s'agit de nous, de notre père ou de notre enfant. C'est ainsi qu'en évoquant, le long des trottoirs de ces vieilles rues parisiennes et devant la façade, restée la même, de son hôtel d'étudiant, les images de sa lointaine jeunesse, Hector n'aurait pu dire s'il pensait à lui-même ou à sa fille, tant il percevait avec une évidence presque insupportable l'analogie de son sort et de celui qui menaçait Reine. Que lui disait cette façade de l'hôtel Michel-Ange, devant laquelle il se tenait immobile maintenant, sinon qu'il y avait eu là, autrefois, dans une des chambres de cette pauvre maison meublée, – la seconde, au troisième étage, en comptant par la droite, – un jeune homme d'une sensibilité pareille à celle de Reine, capable, comme Reine, des émotions les plus exaltées et les plus fines, et puis ce jeune homme avait été incapable de maintenir contre la vie l'Idéal d'art qui avait été le roman de sa jeunesse, comme Reine, dès la première rencontre, se trouvait incapable de maintenir l'Idéal d'amour qui était le roman de sa jeunesse à elle. Quel élément de débilité se cachait dans leur intime nature, à tous deux, pour qu'ils fussent à la fois si délicats dans leurs façons de sentir et si impuissants à modeler leur existence d'après leur cœur ? Mais cette débilité était-elle en eux ? N'avaient-ils pas eu à lutter, simplement, contre une volonté plus forte que la leur ? Non. Le jeune homme venu de Chevagnes, pour conquérir la gloire en écrivant des chefs-d'œuvre, sous les combles du misérable hôtel Michel-Ange, n'était pas un faible. C'était un naïf sans doute, et qui ne mesurait pas quelle effrayante distance le séparait de son rêve, mais Hector s'en rendait compte de par delà les années, c'était aussi un patient, un acharné travailleur, et qui eût réalisé, sinon le tout, au moins une partie de ce rêve, si… Et une figure de femme apparaissait, dont les yeux noirs dardaient le despotisme, dont la bouche fière avait un pli implacable de domination, dont la beauté d'idole commandait l'hommage. Etait-ce donc elle qui vraiment lui avait fait manquer sa destinée ? Etait-ce donc elle, de qui l'autorité impérieuse contraignait Reine à plier aussi devant son désir ? Cette double vision fut si pénible à l'artiste déchu, au père inquiet, qu'il la repoussa de toutes les forces de son vieux et toujours vivace amour pour cette femme, si passionnément obéie et servie depuis tant d'années, et, recommençant de marcher dans la direction de la rue d'Assas, il raisonnait : – « La faute n'en est pas à ma pauvre Mathilde. A-t-elle jamais pu savoir que j'aurais désiré une autre vie ? Lui en ai-je jamais parlé ? C'est une âme si vraie, si droite, si dévouée. Elle a cru que tout était pour le mieux ainsi, comme elle croit que tout est pour le mieux, dans ce mariage avec le jeune Faucherot. La faute en a été à mes silences, à cette timidité qui m'a toujours empêché de me montrer, même à elle, dans la vérité complète de mes aspirations… Reine me ressemble, par là encore. Même à moi, elle ne m'a pas dit qu'elle aimait quelqu'un… Quand nous avons parlé du projet Faucherot, l'autre soir, sa mère et moi, si j'avais su ce que je sais ! Mais je ne savais rien, que par divination… Ah ! il faut que j'aie des faits positifs, un aveu… Mathilde alors sera la première à ne pas vouloir ce mariage, dont j'avais l'horreur, d'instinct… Mon Dieu ! Pourvu que Charles soit là !… Mais est-ce Charles qu'elle aime ? Hé ! Comment ne serait-ce pas lui ? De tous les jeunes gens que nous recevons, c'est le seul qui la mérite… Et là-bas, qu'ils seraient heureux !… » Hector entrait dans le jardin du Luxembourg, comme il se prononçait à lui-même ces mots. Il avait remonté de la rue des Beaux-Arts, par les rues de Seine et de Tournon, perdu dans ses pensées, et laissant ses pas suivre machinalement le chemin suivi jadis si souvent, alors qu'en proie à l'inconsciente nostalgie des chênaies de Chevagnes, il venait, au jardin du Luxembourg, chercher une sensation de nature, regarder des arbres et songer. Il franchit la grille qui ouvre à côté du musée, et il se trouva tout de suite à l'extrémité de cette allée de vieux platanes où se voit le monument du pathétique et puissant Eugène Delacroix. Ces beaux arbres, ses préférés autrefois, érigeaient, sur le ciel glacé de cette après-midi, leurs énormes branches dépouillées. Et comme si, au contact de ces muets témoins de sa jeunesse, le poète mort jeune se réveillait en lui, le journaliste se prit à penser avec un attendrissement indicible à la fuite ininterrompue du temps, à cette succession des étés et des hivers, des feuillages et des hommes. Des vers de Sainte-Beuve, oubliés depuis longtemps, et dont il avait raffolé, lui revinrent à la mémoire et aux lèvres : « Simonide l'a dit, après l'antique Homère :

Les générations, dans leur presse éphémère,
Sont pareilles, hélas ! aux feuilles des forêts
Qui verdissent une heure et jaunissent après,

Qu'enlève l'Aquilon, et d'autres, toutes fraîches, Les remplacent déjà, bientôt mortes et sèches… » Il l'avait récitée à cette place, cette divine élégie du plus méconnu de nos grands lyriques, quand il était lui-même dans la verdeur de la vie, dans cet âge des fraîches espérances et des radieux commencements, où étaient à présent Reine et Charles, – âge si court, espérances si vite passées, commencements sitôt finis ! Que du moins, ces enfants lui dussent de ne pas perdre, sans en avoir joui, ce point et ce moment de leur jeunesse et de leur amour ! Car c'était bien Charles que Reine aimait. Le père n'avait plus aucun doute maintenant. Il venait de se rappeler, une fois de plus, le regard du jeune homme posé sur sa fille, l'agitation de Reine quand il devait venir, cent petits signes qu'il avait résumés d'un mot, quand il avait dit à sa femme, en parlant des rapports des deux cousins : « J'ai des impressions. » A ce souvenir, tout son sang courut d'un mouvement plus rapide, comme si l'idée de cet amour des jeunes gens l'un pour l'autre l'avait réchauffé en lui communiquant de leur flamme. Il reprit sa marche dans la direction de la rue d'Assas, d'un pas redevenu vif et alerte, et il eut un battement de cœur pour demander au concierge de la maison si M. Huguenin était chez lui ? Il y était. L'émotion du père avait grandi encore, tandis qu'il gravissait l'escalier, au point qu'il fut obligé de s'arrêter, avant de sonner, devant la porte sur laquelle était fixée, par quatre clous, la carte modeste de « Charles Huguenin, avocat à la Cour »… Enfin, il a sonné. Des pas s'approchent. La porte s'ouvre. Il voit apparaître Charles, qui, en le reconnaissant, s'appuie contre le mur, tout pâle, et balbutie, avec un saisissement qui est un aveu : – « Vous, monsieur Le Prieux… Vous ! Ah ! merci d'être venu !… » En prononçant ce mot de « merci, » le jeune homme était dans la logique des pensées qui se succédaient en lui depuis sa cruelle conversation avec Reine. Une fois passée la première crise de désespoir, qui l'avait jeté gémissant sur le banc de la terrasse des Tuileries, il avait eu le sursaut d'énergie de l'amour qui, malgré tout, se sait partagé. Il s'était relevé en se disant : « Je l'aime. Elle m'aime. Je ne peux pas la perdre ainsi… » Et il était revenu rue d'Assas, précipitamment, comme s'il espérait y trouver une lettre de Reine. Espoir insensé qui prouvait à quel degré il était, même après ses dénégations, sûr du cœur de sa cousine ! Aucun message ne l'attendait. Il avait pleuré de cette déception, seul, enfermé dans son petit logement d'étudiant. Puis il avait essuyé ses larmes courageusement, et il avait commencé de réfléchir, en se demandant quelle démarche il allait tenter. Les passions des Méridionaux de pure race, comme lui, s'accompagnent presque toujours d'une lucidité dans l'ardeur qui rappelle la clarté brûlante de leurs horizons et aussi l'hérédité latine. Celui-ci avait eu, même dans son chagrin, besoin d'y voir clair, et il s'était efforcé de dégager, dans la situation présente, les faits indiscutables. – Le premier, le plus évident, celui auquel il venait de se cramponner aussitôt, comme on a vu, par cet instinct de conservation que nos passions possèdent, comme des créatures, c'était que Reine l'aimait. – Le second, et non moins évident, c'était qu'un obstacle avait surgi. Charles en pouvait fixer l'apparition à quarante-huit heures près. Cet obstacle n'existait pas, lors de la soirée où sa cousine et lui s'étaient tacitement fiancés. L'accès de demi-folie qui lui avait, deux heures auparavant, sous les arbres des Tuileries, arraché son injuste insulte à la sincérité de Reine, s'était dissipé. Il croyait qu'elle avait été sincère en s'engageant, et sincère en lui demandant, avec cette supplication passionnée, qu'il ne cherchât pas à deviner la nature de l'empêchement mystérieux devant lequel elle tremblait, épouvantée. – C'était là un troisième fait positif. – Et un quatrième, qu'il s'agissait d'un mariage avec un autre. Que ce projet de mariage datât de ces tout derniers jours, Charles, encore une fois, n'en doutait pas. Sans cela Reine, au bal, n'eût pas été avec lui ce qu'elle avait été. – Que, d'autre part, ses parents à elle fussent mêlés étroitement au projet soudain de ce mariage, Charles le concluait de ce cinquième fait : Mme Le Prieux n'avait pas parlé à sa fille de la lettre de Mme Huguenin. Sur le moment, et emporté par la colère de la jalousie, il n'avait pas accordé à ce singulier détail sa capitale importance. Il comprenait maintenant que ce silence de la mère de Reine signifiait une volonté, très réfléchie, de ne pas mettre la jeune fille à même de choisir entre l'union avec son cousin et l'autre union, – avec qui ? Présentée avec quels arguments à l'appui ? Là, l'imagination de Charles s'arrêtait. Il se rendait compte que Mme Le Prieux avait trouvé le moyen de convaincre Reine, en la terrorisant. Il ne pouvait deviner des raisons qui tenaient à l'histoire profonde de cette famille de « non classés » (pour prendre le mot si heureusement créé par un des plus généreux historiens de la vie difficile à Paris). Il avait tourné et retourné cette énigme indéfiniment, durant ces premières heures de méditation passionnée, et il avait seulement démêlé, dans ce mystère, un autre mystère encore : pourquoi les parents de Reine n'avaient-ils pas eu du moins la charité de lui donner, à lui, Charles, une explication, à présent qu'ils savaient et ses sentiments et ses espérances par la lettre de sa mère ?... Il en était là de son impuissante analyse, lorsque le coup de sonnette du visiteur lui avait fait sauter le cœur dans la poitrine. Il avait ouvert, avec une folle espérance derechef, qu'un message lui arrivât de Reine. Et, de se trouver vis-à-vis d'Hector Le Prieux lui avait arraché ce « merci », inintelligible pour le nouveau venu. Mais ce qui était trop intelligible au père, après le discours de Mlle Perrin et ses propres réflexions, c'était la cause du trouble où il voyait Charles. Cette évidence de l'amour du jeune homme pour sa fille correspondait si bien à son secret désir, qu'il avait dans la voix toutes les indulgences, toutes les tendresses pour lui dire : – « Allons, Charles, remettez-vous. Reprenez courage. Vous n'avez pas à me remercier. Je remplis mon devoir de père, voilà tout. Mon Dieu ! Dans quel état je vous trouve !... Ah ! Mon pauvre enfant !... » Charles venait, en effet, dans la stupeur de ces paroles et de cette attitude, si complètement inattendues pour lui, d'éclater de nouveau en sanglots, et de se jeter dans les bras de Le Prieux, en répétant ces seuls mots : – « Oh ! si ! Merci, mon cousin, merci, que vous êtes bon !... Que vous êtes bon !... » Le père était lui-même remué jusqu'au fond du cœur par cette explosion de désespoir. Mais il avait un intérêt trop essentiel à savoir toute la vérité sur les relations des deux jeunes gens, pour ne pas essayer d'arracher cette vérité à cet affolement. Il avait entraîné Charles hors de l'antichambre, dans le petit cabinet de travail qui servait aussi de salon à l'avocat sans causes, encore incertain sur son définitif établissement, charmant asile de rêverie où Le Prieux n'était venu qu'une fois ; mais cette visite avait suffi pour conquérir au jeune homme la sympathie de l'écrivain, tant cette pièce, – avec le noyer vermiculé de ses vieux meubles provençaux, – avec le choix des gravures sur les murs, représentant toutes quelque beau monument d'Arles, de Nîmes ou d'Aigues-Mortes, – avec l'ordre des livres, tous évidemment lus, dans la bibliothèque et celui des papiers sur la table, – avec l'horizon des arbres du Luxembourg derrière son étroit balcon, dégageait une atmosphère de jeunesse recueillie et romanesque. Il s'y respirait comme un parfum de la poésie du terroir natal, conservée à Paris, malgré les tentations contraires. Cette chambre était l'image fidèle du petit drame moral dont le jeune homme avait été le théâtre, partagé entre la nostalgie de sa Provence et l'attrait de la vie de Paris, et c'était cette physionomie des choses autour de lui qui avait éveillé jadis dans Hector l'idée que Charles serait pour Reine le mari souhaité. Peut-être y avait-il un ressouvenir de cette impression déjà lointaine, dans l'affectueuse insistance avec laquelle il s'efforçait de lui faire avouer le secret entier de ses sentiments. – « Non, je ne suis pas bon, » avait-il commencé, « et, encore une fois, il ne faut pas me remercier. Je vous répète que je suis simplement un père qui fait son devoir. Mais vous devez faire le vôtre, vous aussi, et répondre à ma démarche par une absolue sincérité. Voyons, parlez-moi à cœur ouvert, librement, et dites-moi tout. » – « Mais, » avait répliqué Charles, « que puis-je vous dire que ne vous ait dit, à Mme Le Prieux et à vous, la lettre de ma mère ? J'ai compris, rien qu'à vous voir entrer, que vous veniez me répéter ce que je sais déjà par ma cousine, que ce mariage est impossible. J'aurais dû le comprendre plus tôt, puisque vous ne m'avez pas fait venir, dès cette lettre reçue… Et pourtant, monsieur Le Prieux, je vous jure que j'aurais tout fait pour rendre Reine heureuse, je lui aurais voué toute ma vie. Je suis un bien petit personnage, mais ce peu que je suis, je le lui aurais donné sans réserve, et ma mère vous a dit aussi dans sa lettre, j'en suis sûr, qu'elle et mon père pensaient comme moi… » Si la révélation du silence gardé par Mme Le Prieux sur la démarche de Mme Huguenin avait bouleversé Reine, avertie pourtant de cette demande en mariage, quel coup en plein cœur pour le père que rien n'avait préparé à cette nouvelle ! Dans l'éclair d'une illumination subite, il entrevit la vérité. Etait-il possible que sa femme eût ainsi manqué de franchise à son égard, qu'elle lui eût répondu, l'autre soir, comme elle lui avait répondu, si cette lettre avait été réellement envoyée et reçue ? Mais oui. Cette nuance d'inquiétude qu'elle avait montrée pour lui demander : « On vous a pressenti aussi ? » il en avait l'explication. D'ailleurs, l'accent du jeune homme ne laissait aucune place au doute, et le père de Reine le comprit si bien, qu'il détourna les yeux pour que son interlocuteur n'y lût pas la souffrance qu'il éprouvait à cette découverte. Il voulut pourtant l'interroger, et il lui posa une de ces questions, à côté, comme on en pose dans certains entretiens où l'on n'a pas la force de formuler toute sa pensée : – « Vous me dites que vous avez été averti par Reine d'une difficulté subite ? Elle était donc au courant de la démarche de votre mère ? » – « Ah ! monsieur Le Prieux, » dit le jeune homme, « je vous en supplie, ne la jugez pas mal, et ne me jugez pas mal... Ma cousine n'a rien à se reprocher. Je vous en donne ma parole. Je ne lui avais jamais parlé de mes sentiments, jamais, jusqu'à la semaine dernière, c'est vrai, où je lui ai demandé ce qu'elle répondrait si ma mère vous écrivait ce qu'elle vous a écrit... Je le sais. Ce n'était pas bien de ma part. J'aurais dû m'adresser à vous et à Mme Le Prieux d'abord. C'est trop naturel pourtant que je n'aie pas voulu, l'aimant comme je l'aime, demeurer dans l'incertitude et que j'aie essayé de savoir du moins ce qu'elle pensait. » – « Alors, elle vous a autorisé à nous faire écrire la lettre ? » reprit le père. – « J'ai compris qu'elle ne me le défendait pas. » Le Prieux s'arrêta une minute dans cet interrogatoire, où chaque mot, en projetant une lumière cruelle sur certains incidents de ces derniers jours, épaississait l'ombre sur d'autres. L'attitude de sa fille à son égard, au moment d'aller causer avec Mme Le Prieux, qui lui était si incompréhensible tout à l'heure, lui devenait claire. Elle avait cru, évidemment, que sa mère la faisait venir pour lui parler de la lettre de Mme Huguenin. En revanche, ce qui s'était dit entre les deux femmes était rendu plus énigmatique encore, par cet accord de Reine avec son cousin. Comment et pourquoi celle-ci avait-elle, dans ces conditions-là, soudain changé de volonté ? Reine avait donc vu son cousin dans l'intervalle, ou bien elle lui avait écrit ? Venant de découvrir chez sa femme un manque si complet de sincérité, Hector tressaillit à l'idée que sa fille pouvait donner des rendez-vous secrets, ou entretenir une correspondance clandestine. Cette pensée lui fut si insupportable qu'il saisit avec violence le bras du jeune homme, en reprenant : – « Charles, vous ne m'avouez pas toute la vérité, et ce n'est pas bien... Non, vous ne me l'avouez pas, » insista-t-il. « Ne m'interrompez plus... Vous convenez que vous étiez d'accord avec Reine pour l'envoi de la lettre de madame votre mère. C'est donc que Reine acceptait ce projet d'un mariage avec vous. Vous en convenez. Vous convenez aussi qu'elle vous a prévenu que ce projet devenait impossible ? Elle vous a donc parlé ou écrit. Vous l'avez donc vue ? Où ? Comment ? Et vous voulez que je croie que vous n'avez rien à vous reprocher, ni elle non plus ?... » – « Hé bien ! Je vous dirai tout, » répondit le jeune homme avec un véritable effort, « et pour elle et pour moi. Du moins vous, vous ne la soupçonnerez pas, » continua-t-il, d'un accent altéré où frémissait le remords de l'injustice qu'il avait commise lui-même. « Oui, j'ai vu ma cousine, ce matin, à onze heures, aux Tuileries. Il y avait une autre personne en tiers. Je vous donne ma parole d'honneur que c'était la première fois que nous avions un rendez-vous. La preuve que je vous dis la vérité, la voici. » Et il tira de son portefeuille la petite dépêche bleue de Reine qu'il tendit à Le Prieux : « Ma cousine avait voulu me parler... Par pitié, je le comprends à présent, pour que je n'apprisse pas brutalement, et de quelqu'un d'autre, le désastre de ma plus chère espérance... Et ce que nous nous sommes dit dans cette entrevue, je peux vous le répéter aussi, quand ce ne serait, encore une fois, que pour empêcher qu'à votre tour, vous ne soyez injuste avec elle... » Et il commença de raconter, pêle-mêle, les incidents de ce douloureux rendez-vous de la matinée : et l'impression que lui avait faite le billet de Reine, et l'arrivée de celle-ci, et comment il avait deviné la gravité de sa démarche à sa pâleur, et les paroles qu'elle avait prononcées, et celles qu'il avait répondues, et son accès de jalousie, et le reste. Le père écoutait le récit de ces simples et poignants épisodes, la lettre de sa fille à la main. Il en regardait l'écriture, dont il reconnaissait l'agitation, avec une pitié passionnée pour la douce et délicate enfant, qui avait tracé ces caractères et noirci ce papier, dans un instant de détresse. Il s'expliquait maintenant, et l'espèce d'éclat fiévreux qu'elle avait dans ses yeux à son retour de ce cruel entretien, et la décision de sa voix refusant le délai que ses parents lui offraient, et aussi la démarche de la pauvre Fanny Perrin, qui avait certainement été la personne en tiers, indiquée par Charles, l'innocent témoin de cet innocent rendez-vous entre les deux cousins. Et, à travers ces pensées, un point demeurait plus obscur que jamais : quel motif avait eu Reine de vouloir ce mariage avec Faucherot, quand elle était libre de son choix ? Le mot de cette énigme, hélas ! le père savait déjà trop de quel côté le chercher. Mais l'honneur lui commandait de le trouver seul. Il ne devait pas associer à cette enquête, au terme de laquelle il devinait, malgré lui, des machinations peu scrupuleuses et un rôle équivoque de sa femme, celui qu'il considérait, dès cette minute, comme leur gendre. Il s'était levé, une fois la confession du jeune homme achevée, et il marchait, à travers la chambre, de long en large, dans un silence que l'autre n'osait pas troubler. Quoique Charles, lui aussi, trouvât plus inexplicable que jamais l'attitude de Reine, en constatant combien le père lui était favorable, il comprenait, avec son tact naturel, affiné par l'amour, qu'il fallait respecter ce silence... Son cœur battit bien fort dans sa poitrine lorsque Le Prieux s'arrêta tout d'un coup devant lui, et, l'ayant regardé longtemps, lui dit enfin, avec la solennité, sur le visage et dans le geste, de quelqu'un qui a pris un grand parti et qui dicte à un autre une décision irrévocable : – « Vous venez de me répondre en honnête homme, Charles, loyalement, bravement, et moi je vous parlerai de même... Vous aimez Reine, et vous la méritez. Elle vous aime, et il ne dépendra que d'elle qu'elle soit votre femme, vous entendez, que d'elle. Il a été question d'un autre mariage, ces jours derniers, c'est vrai. J'ai peine à m'imaginer que ce soit là l'obstacle auquel elle a fait allusion. Il doit y avoir un malentendu que je ne démêle pas. Je le démêlerai... Je vous répète qu'elle sera votre femme, le jour où elle le voudra. Dès aujourd'hui, vous avez mon consentement. J'ai cru à votre parole d'honneur, tout à l'heure, cela me donne le droit d'exiger que vous me la donniez une autre fois. J'exige que vous me promettiez de ne pas essayer de la revoir, avant que je ne vous y aie autorisé... Il y a une grande sagesse, vous l'éprouvez vous-même, dans notre vieux préjugé français qui veut que les enfants ne se marient que par l'entremise des parents. Si vous y aviez strictement obéi, si vous étiez venu à moi, ces temps derniers, me parler, avant de lui parler à elle, vous lui auriez épargné des émotions bien inutiles, et vous ne l'auriez pas froissée, d'une manière peut-être irréparable. C'est une sensibilité très vive et très profonde, et votre doute sur elle a dû lui faire un mal horrible. Laissez-moi le soin de sonder sa plaie, et, encore une fois, puisqu'il y a un malentendu à dissiper, de le dissiper... J'ai votre parole que vous ne ferez plus rien que par mes indications ?... » – « Vous l'avez, » répondit le jeune homme, qui, dans un élan de reconnaissance, prit entre ses mains les deux mains de son interlocuteur. – « Et que vous m'obéirez en tout ?... » – « Et que je vous obéirai en tout... Ah ! monsieur Le Prieux, je vous aimais déjà beaucoup, mais maintenant... » – « Maintenant, » interrompit le père, qui, visiblement, redoutait sa propre émotion, « vous allez commencer à tenir votre parole, en vous asseyant à cette table, et en écrivant une lettre à Reine où vous lui demanderez pardon de vos paroles de ce matin... Cela vous étonne ? Mais j'ai mon plan. J'ai mon plan... Allons, » ajouta-t-il, avec cette ironie attendrie, que les hommes qui vieillissent ont volontiers pour les jeunes gens, des amours desquels ils sourient, en les enviant secrètement : « Faut-il que je vous la dicte, cette lettre ? Ecrivez et mettez dedans tout ce que vous voudrez. Je la donnerai à Reine, sans la lire... Etes-vous content ?... »

VIII

LE PLAN D'HECTOR LE PRIEUX

– « J'ai mon plan... » C'est sur ces mots, répétés pour la troisième fois, qu'Hector Le Prieux quitta l'amoureux de sa fille, muni de la lettre qu'il lui avait fait écrire, et aussi de la dépêche de Reine. – « Je vous la renverrai demain en vous tenant au courant, » avait-il dit encore. « Elle m'est nécessaire... » Il faut croire que ce billet touchait en lui une place infiniment profonde, car Charles Huguenin, qui s'était mis sur son balcon, pour le regarder s'en aller, put le voir qui s'enfonçait de nouveau sous les arbres dépouillés du Luxembourg, la petite feuille bleue à la main. Il marchait, épelant un par un les mots de cette chère écriture, abîmé dans les pensées que cette contemplation soulevait en lui, au point qu'il ne s'aperçut de l'endroit où il était qu'au moment où il franchissait la grille, en face de la rue Soufflot. Il avait traversé tout le jardin, comme en songe. Il reconnut le trottoir qu'il avait tant suivi, jadis, la station d'omnibus, les boutiques, celles-ci changées, celles-là non. Il avait l'habitude, lors de ses débuts littéraires, d'aller lire les journaux dans un des cafés qui avoisinent l'Odéon, et il s'y dirigea, sans bien s'en rendre compte, comme si, dans les minutes d'extrême désarroi intérieur, les mouvements s'accomplissaient en nous, presque tout seuls. Par hasard, l'endroit était demeuré le même. Décoré jadis par des peintres qui avaient ainsi payé des arriérés de petits verres et de demi-tasses, il montrait, dans ses profondeurs, quatre panneaux disparates représentant : l'un, une Vénus sortant des eaux ; l'autre, l'agonie d'un cerf dans un hallier ; un troisième. Pierrot regardant la lune ; un quatrième, une fille du quartier Latin. Le bohémianisme de cette taverne enfumée ne contrastait pas moins avec le délicat roman de Reine et de son cousin qu'avec les habitudes de haute tenue où la « belle madame Le Prieux » faisait vivre Hector. Mais, pour celui-ci, le rayonnement de sa propre jeunesse illuminait ce rendez-vous de rapins et d'étudiants. Il prit place à une table d'angle, libre en ce moment, sans même remarquer l'attention qu'excitait, parmi les habitués et habituées du lieu, tous et toutes passablement débraillés, la présence d'un homme de cinquante ans passés, vêtu comme un président de Conseil d'administration, le ruban de chevalier de la Légion d'honneur à la boutonnière, et qui demandait de quoi écrire. Il libella ainsi, d'une main rapide et délibérée, sur ce papier de rencontre, une lettre de deux pages, qu'il termina par une signature d'une décision presque agressive. C'était un billet pour Crucé, qu'il fit aussitôt porter par un commissionnaire. Est-il besoin de dire que ces quelques lignes coupaient court, par avance, en son nom et au nom de sa femme, à la démarche matrimoniale des Faucherot ? Cette besogne achevée, qui était la toute première mise en œuvre de son plan, il regarda sa montre. Il savait qu'en rentrant rue du Général-Foy, en ce moment, il n'y trouverait ni sa femme ni sa fille. Il songea, comme cela lui arrivait souvent, à passer au journal pour y prendre langue avec le rédacteur en chef, au sujet de sa chronique du lendemain. Puis^ la seule idée du plus léger contact avec sa vie quotidienne, avant d'avoir affronté les deux scènes auxquelles il se préparait, lui fut odieuse. Un ressouvenir de ses habitudes de jeunesse traversa de nouveau son esprit : – « Pourquoi ne travaillerais-je pas ici, comme autrefois ? » Il pria le garçon de lui donner un autre cahier de papier à lettres, une plume neuve, de remplir l'encrier, et, prenant une des gazettes souillées qui traînaient à même le marbre d'une table voisine, il chercha dans les faits divers s'il ne trouverait pas matière à son article. L'assez vulgaire aventure d'une demi-mondaine plaidant contre son couturier attira son regard, à cause des chiffres fantastiques auxquelles étaient tarifées les élégances de la demoiselle, 3,750 francs pour un costume ! Et il commença d'écrire, d'une main non moins délibérée que tout à l'heure, les réflexions que ce prix du luxe soulevait en lui. Six heures sonnaient qu'il était encore là, finissant de noircir sa douzième feuille. Sa chronique du lendemain était achevée. Il la relut, avec un mélange singulier de fierté et de mélancolie : pour la première fois, depuis des années peut-être, il venait de composer un morceau dont il n'était pas secrètement honteux. C'est qu'il l'avait écrit pour se plaire à lui-même et non par devoir, comme il avait rêvé jadis d'écrire et ses vers et ses romans, quand il venait causer ou griffonner dans ce modeste café, plus de trente ans auparavant. Cette impression, qui s'accordait si complètement au reste de sa journée, aurait encore renforcé Le Prieux dans son désir d'épargner à sa fille les chagrins d'une destinée manquée, si ses nerfs n'eussent été tendus à ce degré où l'être entier n'est que volonté et qu'énergie. C'était même cette surexcitation de toute sa personne qui lui avait rendu le temps insupportable et qu'il avait comme trompée en écrivant, – par un de ces phénomènes d'automatisme professionnel, qui sont de tous les métiers, et qui prouvent, entre parenthèses, combien notre gagne-pain devient réellement une seconde nature, l'instinct en nous d'une véritable espèce sociale. Cette diatribe contre le luxe et son esclavage n'avait pas eu que ce résultat de faire passer deux heures au journaliste. Elle allait agir sur lui de deux manières, – par autosuggestion d'abord, comme il arrive aux littérateurs, si aisément intoxiqués de leurs propres phrases, – ensuite, par le rappel des faits et des chiffres auxquels il venait de penser. – « Six heures, » se disait-il en franchissant le seuil du vieux café, « je vais trouver une voiture devant l'Odéon… A six heures vingt, je serai à la maison. Ce sera à peu près le moment où elles rentrent… J'aurai le temps de causer avec Reine avant le dîner. La grande affaire, c'est que la pauvre petite ne passe pas la nuit sur son chagrin. Va-t-elle être heureuse de cette lettre de Charles ? Fanny Perrin avait raison. Elle serait morte de l'autre mariage… Mais comment s'y était-elle décidée ? Voilà ce que je saurai enfin… » Il avait arrêté un fiacre vide, et il y était monté. La question à laquelle son esprit revenait sans cesse, depuis la veille, l'avait ressaisi : « Oui, » reprenait-il, « qu'est-ce que Mathilde lui a dit, pour vaincre sa résistance, et qu'elle n'a pas voulu répéter à son cousin ? Quelle est cette raison mystérieuse, et qui, évidemment, la terrorise ? Mais sa mère elle-même, pourquoi a-t-elle semblé tant tenir à ce mariage ? Ces Faucherot n'ont pour eux que leur argent... L'argent ! L'argent !... Non, Mathilde n'aime pas l'argent. Elle est si généreuse ! Mais c'est vrai que dans cette absurde vie que nous menons, il en faut tellement, presque autant que pour l'existence de cette malheureuse, sur laquelle je viens d'articler... Trois mille sept cents francs un costume !... Mathilde ne s'est certes jamais permis de ces folies, mais elle a beau être une admirable ménagère, et si entendue, les grands faiseurs sont les grands faiseurs, et, depuis que Reine va dans le monde, les frais sont doublés. » Le Prieux, pareil sur ce point à tous les chefs de famille, ne savait que par à peu près le détail des dépenses de toilette de sa femme et de sa fille. Par une invincible association d'idées, il se demanda soudain : « Quel peut bien être leur budget exact ? » Et tout d'un coup, voici qu'à travers ce calcul mental, une hypothèse inattendue apparut devant son esprit, qu'il essaya d'écarter, mais en vain : « Mon Dieu ! pourvu qu'elle n'ait pas été entraînée à faire des dettes, qu'elle n'aurait pas osé me dire ? Pourvu qu'elle n'ait pas d'obligations à Mme Faucherot ? Pourvu que ce ne soit pas là cette raison, et de son désir de ce mariage, et du consentement de Reine ?... Non, ce serait trop affreux... Mais ce n'est pas !... Ce n'est pas !... » On le voit, l'espèce de travail inconscient qui s'accomplit dans l'esprit sous l'influence des sentiments très intenses, et qui est leur vie secrète et profonde, avait conduit ce mari, de caractère bien peu inquisiteur, tout près de la vérité. Il « brûlait », comme disent si joliment les enfants qui jouent à cache-cache. Cette divination allait lui rendre plus douloureuse l'exécution du plan dont il avait parlé à Charles, et qui se réduisait à ceci : remettre la lettre du jeune homme à Reine, et arracher, à la première émotion de celle-ci, un aveu et un consentement. Il lui resterait à vaincre les objections de sa femme. C'était pour cela qu'il avait voulu garder la petite dépêche bleue de sa fille. Même après tant de signes accusateurs, il ne doutait pas, il ne voulait pas douter de Mathilde : en présence d'une preuve aussi indiscutable des inclinations de leur enfant, elle ne s'obstinerait pas dans un projet dont elle n'avait certainement pas soupçonné la férocité. La raison mystérieuse que Reine avait refusé de révéler se trouverait être un malentendu, comme il l'avait dit lui-même. Quoiqu'il s'enfonçât cette idée dans la pensée, avec toute la force de son amour pour sa femme, cet homme, perspicace malgré son cœur, n'arrivait pas à chasser l'autre idée, sortie, semblait-il, du plus fortuit rapprochement, et quand il introduisit dans la serrure de la porte de son appartement la petite clé de sûreté en or – un présent de sa femme, naturellement – qu'il portait à la chaîne de sa montre, comme un bibelot d'élégance, cette autre idée l'obsédait de nouveau, d'une façon singulièrement douloureuse. D'où lui serait venue sans cela, dans ces circonstances et à cette minute, l'image d'un des grands éditeurs de Paris, rencontré à une première représentation ces temps derniers, et qui lui avait dit : « Je fonde une revue. Le Prieux. Si vous écriviez pour moi vos souvenirs ? Vous me donneriez ensuite le volume. Nous ferions une affaire double, voulez-vous ?… » – « Mes souvenirs ? » avait répondu le journaliste, « mais je n'ai jamais eu le temps de vivre. Où aurais-je pris celui d'en avoir ?… » Pourquoi se rappelait-il cette conversation, sur le palier de son appartement, sinon parce qu'il cherchait déjà le moyen d'augmenter encore ses revenus de cette année ? Il entrevoyait la possibilité d'un nouvel engagement, après tant d'autres ! Quel arriéré pensait-il donc à combler ? Toutefois, sitôt entré dans l'antichambre, une rencontre inattendue vint détourner son esprit. Il vit le pardessus et la canne d'un visiteur, posés sur la table, et le groom, qui faisait les fonctions de valet de pied, répondit à sa demande que M. Crucé était dans le salon avec madame.

– « Et mademoiselle aussi ?… » demanda Le Prieux. – « Mademoiselle est chez elle, » répondit le petit domestique. « Elle n'est pas sortie de l'après-midi. Elle est souffrante… » Crucé là, à cette heure, – c'était, sans aucun doute, Mathilde avertie, dès maintenant, du coup d'État domestique, par lequel Hector avait substitué sa lettre de rupture à la lettre d'ac-

quiescement qu'il s'était chargé de porter, et dans quelles conditions !
C'était aussi l'explication entre les deux époux rendue inévitable et tout
de suite. Le Prieux n'hésita pas. Il fallait qu'il vît Reine d'abord, et qu'il
eût, de ce côté, plein pouvoir d'agir. Il dit au petit domestique : « Ce n'est
pas la peine de déranger madame. Ne la préviens pas que je suis rentré. »
Et il alla frapper à la porte de la chambre de sa fille. Le « qui est là ? »
prononcé d'une voix si faible qu'il l'entendit à peine, l'émut presque aux
larmes, tant il y devina de lassitude, et plus encore l'obscurité totale où il
se trouva, cette porte une fois ouverte. Sous le prétexte d'une névralgie
commençante. Reine s'était couchée, les volets clos, les rideaux baissés,
dans ces ténèbres volontaires où les femmes ont toutes l'instinct de se
blottir, de s'ensevelir, quand elles souffrent d'une certaine sorte de souffrance, comme si même la lumière était alors pour elles une des brutalités
de la vie. Et quand elle eut tourné la clé de la lampe électrique, sous cette
dure clarté blanche qui fait plus crûment saillir les stigmates des visages,
elle montra au père une physionomie si altérée de douleur qu'il eut peur,
un instant, du sursaut de joie qu'elle allait recevoir. Mais déjà, elle s'était
accoudée sur les oreillers brodés de son petit lit, comme à l'époque où,
fillette de moins de dix ans, il venait la surprendre et l'embrasser, avant de
partir pour le théâtre, et, avec une grâce enfantine et ce souci des autres,
trait délicieux, geste inné de cette tendre et fine nature, elle disait : – « Il
ne faut pas vous inquiéter de moi, mon cher Pée. J'ai eu un peu froid, en
allant et revenant du cours… Avec la chaleur du lit, cela passera. Et demain matin, c'est le jour de votre grande chronique, je pourrai me lever,
pour bien vous préparer toutes vos choses… » – « Tu pourras surtout te
reposer, » répondit Hector. Et, tirant de sa poche les feuillets< griffonnés
sur la table du café : « Ma chronique est faite. Votre Pée n'aura donc pas
besoin de vous, mademoiselle Moigne, et, pour une fois, vous paresserez
à votre aise… Et puis, » ajouta-t-il, après un silence et sur un ton qu'il
essayait encore de rendre plaisant, mais le trouble intérieur palpitait dans
sa gaieté feinte, « et puis, quelqu'un m'a remis une lettre pour vous… » Et
il ouvrait son portefeuille maintenant, pour y prendre le billet de Charles.
– « Quelqu'un ? », répondit Reine. Lorsqu'elle eut entre ses mains l'enve-

loppe et qu'elle eut reconnu l'écriture, un flot de sang empourpra son visage, et elle se mit à trembler, d'un mouvement presque convulsif qui la remuait tout entière, tandis que son père la réconfortait : – « Lis cette lettre, mon enfant adorée, et n'aie plus peur. Reprends confiance… Si je me suis chargé de ce message, tu dois comprendre que Charles m'a tout dit, et que j'approuve tout… Il faut que les malentendus se dissipent. Ma belle douce Moigne, lis ta lettre… Ne me parle pas avant de l'avoir lue… Je t'aime tant, ma fille, ma petite fille… » Et, de nouveau, avec cet effort de gaieté dans la gâterie qui veut épargner les excès de l'attendrissement à une sensibilité trop jeune et trop vive : « Si tu ne la lis pas, ta lettre, c'est moi qui te la prends, et qui te la lis tout haut… » Tandis que Le Prieux parlait, une nouvelle ondée de sang avait envahi le front et les joues de Reine, et coloré jusqu'à son cou, qui sortait si souple, si mince, de la batiste souple de sa chemise de nuit, avec l'enroulement autour de lui de sa longue natte défaite. Les larges manches flottantes à volant laissaient voir ses bras, un peu maigres et tout blancs, avec le réseau transparent de leurs veines joliment bleuâtres. A peine si la couverture de soie piquée était soulevée par son corps, qui se devinait si fin, si svelte, trop frêle presque pour son âge, et l'homme qui la regardait ouvrir l'enveloppe avec des mains frémissantes, se sentait plus ému encore par cette vision de la gracilité de son enfant. Il éprouvait devant elle cette espèce d'apitoiement sans analogue, qui fait d'un père et d'une mère les esclaves passionnés des moindres volontés d'une créature dont la délicatesse leur semble si exposée, si blessable ! Ils voudraient alors, au prix de leur propre vie, lui épargner la moindre souffrance, le moindre froissement. Le spectacle d'une peine infligée à cet organisme fragile leur est une douleur, presque physique, et qui les atteint eux-mêmes au point le plus intime. C'est ainsi qu'en voyant le visage de Reine se décomposer soudain et pâlir, à la lecture de la lettre où Charles lui demandait pardon, ses yeux se fermer, sa tête s'en aller sur l'oreiller, dans le demi-évanouissement d'une impression trop forte, Le Prieux fut saisi d'une épouvante qui le fit s'élancer et prendre sa fille dans ses bras, et il lui serrait les mains, et il lui baisait le front en lui disant : – « Reine, reviens à toi. Reine, Reine !… Maladroit et brutal que je suis !… Moi qui croyais que tu allais être heureuse, me sourire !… Ma fille ! Ma fille !… Souris-moi. La joie t'a fait mal… Ah ! tu ouvres les yeux, tu me souris… Merci… Mais comment as-tu pu garder ce secret sur ton pauvre cœur ? L'autre matin, quand ta mère t'a parlé, pourquoi ne nous as-tu pas dit : « J'aime Charles et Charles m'aime ? » Enfin, c'est passé… Souris-moi encore. Il demande ta main. Tu l'épouseras… Pourquoi secoues-tu la tête ainsi ?… » – « Parce que je ne l'épouserai pas », répondit Reine. Et même dans l'étouffement de sa voix, brisée par l'émotion présente, le père retrouva cet accent de fermeté singulière qui l'avait tant frappé, lorsqu'elle avait refusé le délai offert. – « Tu ne l'épouseras pas ? » répéta-t-il, « mais pourquoi ? » – « Parce que j'ai bien réfléchi », reprit Reine, d'un ton plus ferme encore, « et que je ne crois pas que nous serions heureux ensemble… » – « Non ! mon enfant », interrompit douloureusement Le Prieux, en lui mettant la main sur la bouche, « ne recommence pas à essayer de me tromper… Vois-tu, maintenant que je sais tout, ce n'est plus possible… Oui, je sais votre conversation au bal, et ce que ton cousin t'a dit et ce que tu lui as répondu… Aurais-tu parlé de la sorte si tu n'avais pas réfléchi alors, et si tu n'avais pas cru que tu serais heureuse par lui et que tu le rendrais heureux ?… Quand tu m'as embrassé, avant d'aller auprès de ta mère, hier matin, je sais ce que tu pensais. Veux-tu que je te le répète ? Tu pensais que ta mère allait te parler d'un projet de mariage avec Charles, et tu en étais bien, bien contente. Ne nie pas. Je l'ai lu dans tes yeux au moment même, mais je n'avais pas tout à fait compris. Je comprends à présent. Tu avais réfléchi à ce moment-là, pourtant ?… Et puis je sais encore que tu as écrit à ton cousin, hier, et que vous vous êtes vus ce matin. Ne rougis pas, mon amour, ne tremble pas. Si tu pouvais lire dans mon cœur, tu n'y trouverais que le remords de n'avoir pas deviné le tien… Mais ce cœur m'est transparent maintenant. La raison qui t'empêche de vouloir épouser celui que tu aimes, cette raison que Charles a implorée de toi et que tu n'as pas voulu lui avouer, je la sais aussi. C'est nous, cette raison, c'est notre situation… Tu t'es dit : « Si j'épouse Edgard Faucherot, je serai riche, et mon père travaillera moins… » Avoue que tu t'es dit cela ? Tu es comme ta mère. Tu t'inquiètes de me voir tant écrire.

Mais c'est ma vie, à moi, d'écrire. Je suis un vieux cheval qui trottera jusqu'à la fin, et si je me reposais, je mourrais. Ce qu'il me faut, ce n'est pas de moins écrire, c'est de pouvoir me dire, assis à ma table : « Ma petite Moigne est heureuse… » Et quant à nos dettes… » Il épiait la physionomie de sa fille, en prononçant ces mots, pour lui terribles. Si Reine ne tressaillait pas, d'un sursaut de dénégation, c'est qu'ils avaient, en effet, des dettes et qu'elle le savait. Elle tressaillit bien, mais de surprise, et sans oser répondre non ; et le père continuait, imaginant, pour convaincre son enfant, une de ces ruses qui ne seront certes pas inscrites là-haut, au livre des péchés : « Quant à nos dettes, je n'aurai même pas besoin de travailler davantage pour les régler… On m'a demandé, ces temps derniers, d'acheter mes deux fermes de Chevagnes… » Elles étaient, depuis des années, aussi fortement hypothéquées que le permettait leur valeur ! « Je n'en aurai plus besoin », continua-t-il, « à présent que j'aurai une campagne où me retirer quand je serai vieux, près de toi, là-bas, en Provence. Car c'est oui. Tu vas me dire oui, et que tu épouseras ton cousin… Voyons, si je te le fais demander par ta mère ?… » – « Ah ! » gémit Reine, « jamais maman ne consentira à ce mariage. » – « Mais si elle y consent, je te répète, si elle te le demande elle-même ? Serait-ce oui alors, réponds ? » – « Ce serait oui », dit la jeune fille, si bas que cet aveu de son sentiment pour son cousin et de son renoncement à l'immense sacrifice s'échappa moins comme une parole que comme un soupir ; et, passant ses bras au cou de son père, elle cacha son visage rougissant, mais de pudeur et de joie tout ensemble cette fois, contre l'épaule de l'écrivain vieilli, – cette épaule devenue un peu plus haute que l'autre, à cause des innombrables séances devant la table de travail, la plume en main. Que cette étreinte ressemblait peu au froid baiser du matin, à celui qui avait scellé le consentement de Reine au mariage avec le jeune Faucherot, alors que le père n'était pas loin de croire au plus triste calcul de vanité chez sa fille, et la fille au plus triste aveuglement chez son père, sinon au plus égoïste abandon ! En ce moment, serrés contre le cœur l'un de l'autre, ils goûtaient cette communion absolue de deux âmes dans la tendresse heureuse, – cette absolue fusion que l'amour, avec ses jalousies et les troubles de ses sensualités, connaît si rarement, si rarement même l'amitié, et qui est comme la sainte poésie de la vie de famille, la rançon de ses pénibles et bourgeois devoirs, de ses déprimantes monotonies, de ses étroitesses et de ses médiocrités. Une apparition facile à prévoir, – mais comment Reine et son père y eussent-ils pensé ? – allait les arracher brusquement tous deux à l'ineffable douceur de cette parfaite entente, et réveiller, chez le père, une énergie et une présence d'esprit qu'il n'avait jamais eues auparavant, qu'il ne devait jamais avoir depuis, pour son propre compte. Mme Le Prieux venait d'entrer dans la chambre. Hector connaissait trop toutes les expressions de ce beau et altier visage qu'il avait tant aimé, qu'il aimait tant encore, pour s'y tromper une seconde, surtout sachant que Mathilde venait de recevoir la visite de Crucé. Elle arrivait, irritée jusqu'à l'indignation. Que son mari eût osé ce qu'il avait osé, qu'il eût intercepté sa lettre à elle, une lettre convenue entre eux, pour en substituer une autre, écrite par lui et dans des termes exactement contraires, c'était une action si exorbitante, qu'elle pouvait à peine y croire ! L'éclat de cette indignation était comme suspendu par la stupeur. Déjà, elle n'attribuait pas la responsabilité de cette audace à Hector. Le regard dont elle enveloppa aussitôt sa fille attestait que, dans sa pensée, elle considérait celle-ci comme la vraie coupable. Mais sa bouche impérieuse n'eut pas même le temps de questionner ses deux victimes, si muettes jusqu'alors, si complètement dociles à la dictature de son égoïsme. Elle n'avait pas fait deux pas dans la chambre que Le Prieux s'était élancé, avec une exaltation qu'elle n'avait jamais connue sur cette physionomie d'ordinaire si placide, et il lui disait, d'une voix tout ensemble affectueuse et dominatrice, où elle sentit, avec une surprise encore accrue, une autorité qui n'admettait pas la réplique : – « J'allais te chercher, Mathilde, pour t'amener auprès de cette grande fille qui n'a pas eu confiance en nous, qui n'a pas voulu comprendre que nous ne désirons que son bonheur, et que si nous lui avons parlé de ce projet de mariage avec le fils Faucherot, c'est que nous croyions que son cœur était libre... Et elle vient de m'avouer qu'il ne l'est pas, qu'elle aime son cousin Charles et qu'elle en est aimée !... Et cet autre grand enfant de Charles, qui n'avait pas osé venir nous parler, à toi et à moi, et nous dire : « J'aime Reine ! »

– A-t-on une idée d'une sottise pareille ?... Si je n'avais pas vu Charles aujourd'hui, si je ne lui avais pas arraché cet aveu, à lui d'abord, à elle ensuite, nous n'aurions rien su. Comprends-tu qu'elle nous aurait fait cela, à toi et à moi, à toi, sa mère, et à moi, son père, de se marier contre son cœur ?... Allons, Reine, embrasse ta mère, et demande-nous pardon, à tous deux, d'avoir douté de nous, quand nous t'avons suppliée nous-mêmes, ce matin, de prendre quelques jours de plus pour réfléchir et nous répondre. Tu voyais bien que nous voulions te laisser libre, que tu étais la maîtresse absolue de ton choix... Est-ce vrai, pourtant, Mathilde ? »
– « Reine a toujours été libre », répondit la mère, littéralement suffoquée de ce qu'elle entendait, « et si vraiment elle aime son cousin, je ne comprends pas... » – « Si elle l'aime ? », interrompit le père qui ajouta, avec une fermeté singulière, les yeux fixés sur les yeux de sa femme : « Oui. Elle l'aime et elle l'épousera... » Puis, comme il vit que Mathilde allait à son tour l'interrompre : « Heureusement, nous n'avons pas encore répondu à la cousine Huguenin... Car Reine ne sait pas qu'elle nous avait écrit pour nous sonder. La pauvre bonne dame est une provinciale. Elle avait cru devoir prendre tant de précautions que nous n'aurions jamais deviné qu'elle nous écrivait d'accord avec son fils. N'est-ce pas, Mathilde ? Nous avons cru qu'elle suivait une idée à elle... Ah ! Que tu avais raison d'insister pour en parler à Reine et que j'ai été sot de t'en empêcher ! Mais c'est réparé... » A cette mention de la lettre de la mère de Charles, le déconcertement de Mme Le Prieux avait été tel qu'elle ne trouva pas la force de répliquer. Hector savait l'existence de cette lettre et sa dissimulation ! Comment ? Et il lui pardonnait cette dissimulation ! Il faisait plus. Il essayait d'empêcher que leur fille ne pût jamais la deviner ! Et dans sa stupeur et sa confusion grandissante, Mme Le Prieux n'eut pas davantage de force pour résister à la main de son mari qui l'attirait vers le lit de Reine, et il continuait : – « Et sais-tu pourquoi », disait-il, « cette méchante fille nous cachait son sentiment ? C'est qu'elle croyait de son devoir d'être riche, pour moi, pour m'éviter des surcroîts de travail ? Et c'est ta faute, mon amie. Oui, c'est ta faute. Tu lui as donné l'exemple. Pourquoi as-tu craint toi-même de me dire ce que tu lui as dit à elle, que

nous avions un petit arriéré ? Toi aussi, tu as eu peur que je n'aie quelques articles de plus à écrire… Avoue-le… Mais qu'est-ce que cela, à côté du chagrin de voir notre enfant malheureuse ?… Je ne me le serais jamais pardonné… » Pensait-il vraiment ce qu'il disait là, le pauvre manœuvre littéraire, ou bien était-ce un second mensonge plus généreux que le premier, pour achever de sauver aux yeux de sa fille, le prestige de la mère, tout en anéantissant l'objection la plus forte que celle-ci eût imaginée contre le mariage avec Charles ? L'amour a de ces aveuglements. Il a aussi de ces délicatesses dans la lucidité et de ces indulgences dans la certitude. Quel que fût le motif auquel obéissait Hector, ses paroles supposaient un extrême atteint dans la générosité qui eût touché aux larmes toute autre personne que Mathilde. Mais l'orgueil de cette femme était rendu plus implacable encore par l'étrange dépravation de conscience qui lui faisait croire qu'elle avait toujours, en toute circonstance, travaillé pour le mieux de l'intérêt de sa fille et de son mari. Ce qu'elle aperçut soudain, à travers les discours de celui-ci, c'est que Reine avait manqué à la parole donnée. Comment la femme, habituée à voir dans l'écrivain le plus crédule des époux et le plus débonnaire, eût-elle deviné le travail d'induction et de diplomatie qui lui avait fait découvrir la vérité ? Sa révolte de mère contre ce qu'elle croyait être la trahison de son enfant eut cette ingénuité dans la violence qui est la seule excuse de ces âmes de proie. L'excès de leur personnalité serait trop inhumain, s'il n'était pas, jusqu'à un certain point, naïf et irresponsable. Et puis la « belle Mme Le Prieux » éprouvait une affreuse humiliation à se voir prise en flagrant délit d'imposture par un homme qu'elle avait toujours connu hypnotisé d'idolâtrie devant elle. Il y avait un soulagement à cette pénible impression dans l'attitude de hauteur indignée qu'elle avait le droit de prendre vis-à-vis d'une autre, mais devant lui. Son instinct de féroce amour-propre s'empara aussitôt de cette revanche. A peine Hector avait-il cessé de parler qu'elle avait, elle, dégagé sa main, et s'écartant du lit de sa fille, elle disait : – « Et moi, je ne pardonnerai jamais à Reine de t'avoir révélé ce que je voulais te cacher… Hé bien ! oui », continua-t-elle, « c'est vrai. Je voulais te cacher certains embarras de notre situation. J'en avais bien le droit, mieux que le droit, le devoir… C'est vrai que j'avais vu, que je vois encore », et elle insista sur cette affirmation, « dans ce mariage avec Edgard Faucherot l'établissement le plus sage, le plus conforme à sa position et à la nôtre… Pourtant, si elle m'avait parlé comme elle t'a parlé », et la secrète jalousie qu'elle avait toujours eue de la préférence accordée par Reine à son père frémissait dans ces quelques mots, « je l'aurais laissée se décider d'après ce qu'elle croit être son sentiment… Il n'était pas besoin pour cela de cette duplicité… » – « Maman ! » supplia Reine en joignant ses mains. – « Elle n'a pas mérité que tu lui parles ainsi », fit le père à son tour. « Elle ne m'a rien dit. C'est moi qui ai tout deviné… » – « Elle s'est arrangée pour te laisser tout deviner », reprit la mère, « et c'est pire… Je te répète que je ne lui pardonnerai pas… D'ailleurs », conclut-elle avec une amertume concentrée, « tu es son père et le chef de la famille. Tu veux qu'elle épouse son cousin. Elle l'épousera. Elle ira vivre en province, loin de Paris, petitement, bourgeoisement, au ban du monde. C'est alors qu'elle sera vraiment malheureuse, et la seule chose que j'aie le droit d'exiger d'elle et de toi, c'est que l'on ne vienne jamais se plaindre à moi de ce malheur… J'aurai tout fait pour l'empêcher… » Elle se dirigea vers la porte, en jetant à sa fille et à son mari cette malédiction prononcée au nom de ce struggle for high life devenu pour elle une espèce de dogme, une religion. Elle ne tourna même pas la tête pour répondre à un second appel de Reine qui l'implorait de nouveau : – « Maman, ne vous en allez pas ainsi… Laissez-moi vous expliquer… » Et quand Mme Le Prieux eut refermé la porte, la jeune fille se jeta dans les bras de son père en gémissant : « Ah ! maman ne m'aime pas !… Elle ne m'aime pas !… » – « Ne dis jamais cela, mon enfant », s'écria Le Prieux avec un accent de véritable détresse, « ne le dis jamais, ne le pense jamais… C'est parce que ta mère t'aime beaucoup, au contraire, qu'elle vient d'avoir au sujet de ton mariage ce mouvement passionné… Il passera. Je la verrai tout à l'heure. Je lui expliquerai. Elle comprendra. Et si elle ne comprend pas tout à fait, tu dois te dire que c'est ta faute… Mais oui ! Tu me ressembles, ma pauvre Reine, tu ne sais pas te montrer. Tout ce que ta mère a fait dans cette circonstance, comme toujours, elle l'a fait pour ce qu'elle croit être notre bien, à toi et à moi. Elle a eu pour nous l'ambition qu'elle aurait voulu qu'on eût pour elle. On peut tout demander à quelqu'un, vois-tu, excepté de changer sa façon de sentir la vie. Elle était née une grande dame, et nous autres nous sommes, au fond, tout au fond, des paysans. Nous ne sommes pas des gens d'ici. Elle ne peut pas savoir cela... Et surtout, ne lui en veux jamais à cause de moi, comme je t'ai vue quelquefois tentée de le faire, mon enfant. Je t'ai dit la vérité tout à l'heure. Quelques articles de plus ou de moins à écrire, qu'est-ce que cela me fait ?... Je sais. Tu rêves toujours que je publie des livres, que je me remette à composer des vers, un roman... C'est trop tard, trop tard. Je serais libre, j'aurais tout mon temps à moi, que je ne pourrais plus... Je t'ai trop laissé voir que cela me rendait triste. C'est vrai. J'ai été souvent triste ces dernières années. J'ai eu l'air d'un homme qui a manqué sa vie. Tu m'as trop cru, ma douce Reine, quand je proférais des plaintes qui signifiaient cela. Et tu as été tentée d'en reporter la faute à ta mère. Ne dis pas non... Mais, regarde-moi. » Et, prenant les deux mains de sa fille, il la força de le regarder, en effet, fixement, les prunelles dans les prunelles, et toutes les fiertés d'une âme généreuse, en qui s'exalte la conscience de ce qu'elle a voulu, éclairèrent soudain le visage de ce grand amoureux : « Tu peux me lire jusqu'au fond du cœur, mon enfant. Je suis sincère avec toi, comme je le serais devant la mort. Non, je n'ai pas manqué ma vie. Quand, à vingt ans, j'ai souhaité d'être un poète, qu'est-ce que j'ai entendu par là ? D'avoir de beaux rêves et de les réaliser. Hé bien ! j'ai eu le plus beau des rêves, et je l'ai réalisé, puisque j'ai épousé la femme que j'aimais, qu'elle a été heureuse par moi, et que je t'ai, ma fille... Le bonheur de ta mère, voilà mon œuvre... » Puis, comme s'il eût eu peur de sa propre émotion et des choses qu'il avait commencé de dire sur lui-même, il hocha la tête, et, avec un sourire tremblant, il ajouta, sur un ton familier d'ironie professionnelle : « Pas toute mon œuvre.. Ce n'en est que le premier volume. Il y a le second : ton bonheur à toi... Aide-moi à donner le bon à imprimer... Et puis connais-tu, dans toutes les littératures, beaucoup de livres qui vaillent ces deux-là ?... »

IX

ÉPILOGUE

... Voici près de trois ans que ce second volume des Œuvres complètes d'Hector Le Prieux, – pour continuer l'innocente et technique plaisanterie du vieux tâcheron littéraire, – a été publié sous la forme des bans de mariage de Mademoiselle Reine-Marie-Thérèse Le Prieux avec Monsieur Charles-Photius Huguenin, et voici presque deux ans que la naissance d'une petite-fille, baptisée sous l'invocation de sainte Mathilde, est venue convier la mère de Reine à se réconcilier avec ce joli ménage d'amoureux, installé là-bas au bord de la mer couleur de saphir, sous le ciel clair du Midi, parmi les oliviers et les pins d'Alep, entre la pauvre Fanny Perrin, promue au rang de gouvernante, et les parents Huguenin, dans le mas héréditaire, que défend du mistral un rideau noir d'antiques cyprès où frissonnent des roses. Mais il faut croire, – et c'est l'excuse de « la belle Mme Le Prieux », – que cette inintelligence de la sensibilité d'autrui, dont son mari et sa fille ont tant souffert, constitue réellement, dans certaines natures, une infirmité rebelle à toute expérience. Il faut croire aussi, – et c'est la condamnation de ce brillant et factice milieu parisien dont cette femme est la vivante incarnation, – que cette existence, avec son éréthisme de vanité et son obsession du luxe du voisin, n'est pas seulement féconde en ridicules. Elle finit par devenir un vice du cœur, qui se dessèche et se fane, comme fait le teint le plus éclatant au régime quotidien des dîners en ville et des sorties du soir. La preuve en est que la mère de Reine a tenu parole. Par une de ces anomalies de conscience que l'on doit constater, en renonçant à les expliquer, elle ne pardonne pas à sa fille un bonheur qu'elle continue de considérer comme la plus abominable ingratitude. Dans cette espèce de campagne sociale, entreprise en vue de conquérir et de maintenir ce qu'elle appelle toujours « une position de monde », elle pense à sa fille avec les sentiments que put éprouver Napoléon, lorsqu'il vit les Saxons tourner sur le champ de bataille de Leipzig. Mais elle n'est pas plus que l'Empereur de ces volontés qui se rendent, et vous la verrez, si vous êtes vous-même esclave des mortelles corvées du Tout-Paris, continuer seule à en subir les moindres exigences, à en accomplir les moindres rites, sans but, maintenant que l'établissement de sa fille n'est plus en question, sans espérance, – pour l'honneur ! Son nom figurait ce matin dans les « Mondanités » des divers moniteurs du snobisme, parmi les donatrices d'un mariage comme celui qu'elle aurait voulu faire faire à Reine : « Monsieur et Madame Hector Le Prieux, boîte en cristal et or... » Il figurait hier, sous la même rubrique et à la même place des mêmes journaux parmi ceux des convives d'un : « Très élégant dîner chez Madame de Bonnivet, dans son bel hôtel de la rue d'Artois. L'escalier de bois sculpté (une merveille), le salon et la salle à manger (autre merveille) étaient garnis de fleurs et de plantes vertes, les serviteurs poudrés en livrée à la française... » Vous l'avez retrouvé, ce même nom, avant-hier, toujours à la même place des mêmes gazettes, dans le compte rendu d'un concert donné au bénéfice d'une œuvre à laquelle s'intéresse l'excellente duchesse de Contay, et après la formule sacramentelle : « Reconnu dans l'assistance... » Et l'autre soir, si vous avez assisté à la première représentation, au Théâtre-Français, du drame en vers de René Vincy, de cet Hannibal si passionnément discuté, vous avez vu Mme Le Prieux trôner elle-même dans la baignoire de droite, qui appartient, depuis des années, au « service » du célèbre chroniqueur. Elle s'y tenait sur le devant, avec la jeune comtesse de Bec-Crespin, et elle était plus attifée et plus sanglée, plus astiquée et plus ondulée, « plus « belle Mme Le Prieux » enfin, que jamais. Et si le hasard vous avait permis d'écouter les propos qu'échangeaient, dans une baignoire placée précisément en face, les Molan et les Fauriel, venus là aussi tenir leur rang parmi les « personnalités parisiennes », vous eussiez entendu ce monde de tous les artifices et de toutes les parades juger, par la bouche de deux très jolies femmes et des deux madrés artistes, leurs maris, l'héroïque labeur de cette vétérane du bataillon sacré :

– « Elle est étonnante, Mme Le Prieux », disait Laurence Fauriel, « je ne l'ai jamais vue plus belle que ce soir. Mme de Bec-Crespin a l'air d'être son aînée... Il y a tout de même des maris qui ont de la chance. Voilà ce Le Prieux, qui est commun à pleurer, et raseur, et pas de talent !… Il épouse la Vénus de Milo, et c'est une honnête femme qui n'a jamais fait parler d'elle… » – « Et qui trouvera le moyen avec cela de le faire arriver à l'Académie… » dit Marie Molan : « N'est-ce pas, Jacques ?… » – « Mais oui », répondit le romancier-dramaturge, « il m'a sondé l'autre jour, sur mes intentions à moi, avec des finasseries qui signifiaient qu'il y pense. C'est bien pour cela qu'il vient de donner cette pauvreté qui s'appelle ses Souvenirs. Il lui fallait au moins un volume pour que le travail de son énergique épouse eût l'ombre de l'ombre d'un prétexte. Elle est capable de lui racoler une quinzaine de voix, et c'est un paquet !… Quelle brave femme tout de même, et quelle pitié qu'elle soit handicapée de cette façon-là. » – « C'est pourtant vrai, qu'elle est toujours fichtrement belle », dit à son tour Fauriel, que sa tenue de gentleman habillé à Londres n'a pas pu guérir de l'argot d'atelier, – à moins que ce ne soit un genre destiné à plaire à ses clientes du grand monde. Et, avec son œil de peintre, il analysait Mme Le Prieux à travers la lorgnette : « Quelle forme de tête ! Quelle attache du cou ! Quelle ligne de l'arcade sourcilière ! Comme c'est construit !… A soixante ans, à soixante-dix ans, si elle ne s'empâte pas, elle sera magnifique encore… C'est dans le sang : sa fille était si jolie ! Que devient-elle ?… » – « Elle est toujours mariée dans le Midi », reprit Laurence Fauriel, « avec le petit cousin que l'on voyait quelquefois chez eux, – un mariage absurde et qui a fait beaucoup de chagrin à sa mère. – Un coup de tête et que la petite sotte doit joliment regretter aujourd'hui. Elle a passé quelques jours à Paris, l'automne dernier. Je l'ai rencontrée. Elle est toujours jolie. Mais on voit bien que ce n'est plus Mme Le Prieux qui l'habille… » – « Reine a passé quelques jours à Paris ? Tu ne m'en avais rien dit ? » s'écria Mme Molan. « Et elle n'est pas venue me voir ! Ce n'est pas gentil !… » – « Ni moi non plus », dit Mme Fauriel : « Oh ! ce n'est pas le cœur qui l'étouffe. Je ne suis pas sûre qu'elle aime seulement sa mère. Si elle l'aimait, est-ce qu'elle ne se serait pas mariée ici, dans son monde ? Et une mère comme celle-là, qui a tant de mérite ! » – « La fille en était sans doute envieuse », conclut Jacques Molan, d'un ton indifférent et détaché. Cet écrivain de toutes les imitations, ce type accompli de « l'arriviste » et du « profiteur », que nous avons successivement connu, dans ses romans et dans ses comédies, naturaliste, puis psychologue, préoccupé de mondanités, puis d'érotisme, puis de questions sociales, paraît avoir définitivement adopté ce ton de l'ironiste supérieur qui constate avec tranquillité l'infamie de la nature humaine. Il n'insista pas sur son observation, comme si elle était d'ordre courant, puis, ayant de nouveau regardé dans la baignoire des Le Prieux : « La petite avait d'ailleurs de qui tenir. – Suivons la pièce, mesdames, elle doit être bien en ce moment, car cette rosse de Le Prieux fait semblant d'être ailleurs, et de ne pas écouter. » Et il est ailleurs, en effet, le mari de la « belle Mme Le Prieux », si équitablement qualifié de « rosse » par un des maîtres de l'école de l'observation, lui-même si magnanime, si délicat, si indulgent au talent des autres ! Il est à des centaines de kilomètres de la baignoire où triomphe sa femme et de celle où s'échangent ces propos entre ces deux tristes mercantis d'art et leurs épouses, – à des lieues et des lieues de la scène où des acteurs sans âme détaillent, devant ce public blasé, les vers savamment fabriqués du plus fameux d'entre les charpentiers poétiques d'aujourd'hui. Le chroniqueur dramatique est assis en pensée dans le petit salon du mas, à regarder le sourire de Reine qui lui arrive à travers l'espace, si doux, si tendre, un peu mélancolique à cause de leur séparation, mais si reconnaissant ! Cette vision suffit pour qu'une inexprimable félicité circule dans les veines du vieux journaliste, d'autant plus qu'il a constaté tout à l'heure, à l'entrée de sa femme dans la salle de spectacle, qu'elle obtient encore un de ces succès de beauté dont elle reste si avide. Les yeux mi-clos, il oublie les chroniques innombrables qu'il a encore fallu multiplier pour payer les dettes, – et il reste dix-huit mille francs à régler ! – Il oublie la volée de malveillants articles par lesquels a été accueilli son modeste volume de Souvenirs. Il oublie le fauteuil sous la coupole et la supputation des voix académiques à laquelle Mathilde s'est livrée de nouveau dans la voiture qui les amenait au théâtre. Il oublie les lassitudes devant la page inutile et la nostalgie inguérissable de l'art trahi. Il oublie tout, pour savourer la profonde volupté de sentir heureuses, chacune à sa manière, les deux seules créatures qu'il ait jamais aimées, et de les sentir heureuses par lui. Non, il n'a pas manqué sa vie. Il a eu raison de dire à sa fille qu'il a réalisé son Idéal. Il est venu à Paris, comme il le disait, pour être un poète. Et qui donc en est un, s'il ne l'est pas ?